सूरजमुखी अँधेरे के

सूरजमुखी अँधेरे के

कृष्णा सोबती

राजकमल प्रकाशन

ISBN : 978-81-267-0782-9

मूल्य : ₹ 450

पहला संस्करण : 1972
नौवाँ संस्करण : 2019

प्रकाशक : राजकमल प्रकाशन प्रा. लि.
1-बी, नेताजी सुभाष मार्ग, दरियागंज
नई दिल्ली-110 002

शाखाएँ : अशोक राजपथ, साइंस कॉलेज के सामने, पटना-800 006
पहली मंजिल, दरबारी बिल्डिंग, महात्मा गांधी मार्ग, इलाहाबाद-211 001
36 ए, शेक्सपियर सरणी, कोलकाता-700 017

वेबसाइट : www.rajkamalprakashan.com
ई-मेल : info@rajkamalprakashan.com

मुद्रक : बी.के. ऑफसेट
नवीन शाहदरा, दिल्ली-110 032

SURAJMUKHI ANDHERE KE
Novel by Krishna Sobti

पुल

आसपास चलते लोगों से बेख़बर रत्ती बर्फ को रौंदती आगे बढ़ती चली। चाल में अजीब वहशीपन था। तेज़ी थी। दस्तानेवाले हाथ कभी कोट की जेब से बाहर आते और बालों को सख्ती से तरेरकर वापस पॉकेट में चले जाते।

बर्फ के जूते पाँव-तले बिछी सफेदी पर ब्लाक के ठप्पे की तरह पक्के निशान ठोकते चले—छप्प...छप्प... छप्प। सड़क के साथ-साथ ठंडी मरी लकड़ी के जंगले को बर्फ की तह ने ढाँप रखा था।

अचानक मोड़ पर ठिठककर रत्ती ने घड़ी देखी। छः। आँखों में खूँखार बेबसी की लपक कौंधी, पर पाँव रुके नहीं।

सालों पुराना दिन। सालों पुरानी शाम। वही बर्फीली सरदी।

गले में उठता धुआँ लम्बी साँस से रत्ती ने अन्दर खींच लिया कि किसी काली परछाईं ने झपट चेहरे को काला कर दिया।

रत्ती ने ओठों को मरोर दे मानो अपने से वायदा किया हो कि वह रोएगी नहीं।

दूरी को फलाँगती रत्ती हवाघर के पास जा पहुँची। गुम्बद की गोलाई और गोलाई से अटा रेलिंग। फिर एक छोटी-सी सीढ़ी। वही सीढ़ी।

रत्ती ने ऊपर क़दम रखा और हाथ फैला रेलिंग को भींच लिया।

झपटता। पटकता। वही हाथ !

नहीं...नहीं...यह जगह वह नहीं। नहीं हो सकती। नहीं...

सहसा एक तीखी सहम ने रत्ती की देह को ऐंठ दिया। दोनों ओर के उभार ऐसे तन गए कि किसी ने पंजों-तले जकड़ लिया हो।

रत्ती ने बेबसी से रेलिंग पर माथा झुका लिया। इस लड़की को, इस लड़की को एक बार भी समूची औरत बनने क्यों नहीं दिया ? क्यों ...

रत्ती ने सिर पर स्कार्फ बाँध लिया और बदहवासी में उतराई पर से नीचे उतरने लगी।

'स्कैंडल पॉइंट' पर लोगों को घूरते पाया तो अपने को समेटा। पुराने अंधड़ को दिल के अँधियारे में डाल रेस्तराँ की सीढ़ियाँ चढ़ने लगी।

हर बार की तरह यही उसकी बेमंज़िल मंज़िल है। गरमाते, सहलाते आब के सगे घूँट, और कुछ नहीं।

बड़े हॉल को रौंद कोने में जा बैठी। ऑर्डर दिया, "तेज़ : जिन।"

इस पर तबाह वे सब और उनके लिए भटकती यह एक !

पुराने खिलाड़ी की तरह खुद ही ओठों को शह दी।

मात दी और बड़े घूँटों में गिलास खाली कर दिया।

"एक बड़ा और !"

काँच में से बाहर झाँका। गर्म कपड़ों में लिपटे लोग ज़िन्दगी के टुकड़े मालूम देते थे।

एक तीखी मुस्कान ओठों पर फैल गई। एक वह है जो सिर्फ़ चिथड़ा है।

अपने आगे फिर गिलास खाली पाया तो बैरा को इशारा किया, 'एक और !'

इस बार की 'जिन' तीखी नहीं थी। फीकी भी नहीं। सिर्फ थी। वह खुद सिर्फ है। उसका तीखापन, कड़ुवापन सब मर गए हैं। वह फीकी है। एक फीकी औरत। एक लड़की जो कभी लड़की नहीं थी। एक औरत जो कभी औरत नहीं थी।

एकाएक पाया कि तीसरी पारी ने झँझोर दिया है। कमर की सरसराहट में तूफान-सा मचला और छाती पर काँटों की बाढ़ उग आई।

हर बार कहीं पहुँच सकने की न मरनेवाली चाह और हर बार वीरान वापसी अपनी ओर। हर बार।

सामने बैठे तीन ओवरकोटों पर नज़र डाली और पाया कि अब भी इस मुखौटे पर कुछ ऐसा है कि आँखें उठें और रुकें।

खाली गिलास मेज़ पर रखते-रखते निगाह से तीनों चेहरों के आकार पोंछ दिए और बिल लाने को संकेत दे दिया।

उठी तो बदन में थरथराहट थी। चाल में सरूर-भरा अनोखापन और माथे पर उभर रहा अपनी मालकिन होने का तेवर।

सीढ़ियाँ उतर नीचे आई तो तार-घर की 'नियोन-साइन'

में अपनी ही इबारत कौंध गई।

वह जिसने कभी किसी को नहीं पाया और जिसको कभी किसी ने नहीं।

रुलाई से रत्ती की आँखें डबडबा आईं। चाल धीमी हो गई। जिस सड़क का कोई किनारा नहीं—रत्ती वही है। वह आप ही अपनी सड़क का 'डैड-एंड' है। आखिरी छोर है।

चौड़ा मैदान सुनसान था। दुकानों के पल्ले बन्द थे। पोस्ट-ऑफिस के आगे खड़े इक्के-दुक्के लोग धुँध में खड़े पेड़ों के साये-से लगते थे।

बहुत बार रौंदे हैं रास्ते, पर पहुँचने की मंज़िल न थी। फिर भी इन राहों पर चलना अच्छा है। रातों में किसी के पास न सोकर भी जीना अच्छा है। और भी अच्छा है इन पाँवों से चलना-उतरना।

समर-हिल के मोड़ पर पहुँची तो धुँध में लटके काले पेड़ों की कतार में सहसा एक रोशनी झिलमिला गई !

हाथ में टॉर्च लिये केशी को पहचाना तो हौले से कहा, "लौटने में देर हो गई !"

केशी ने देखा-भर और रत्ती के पिछले घंटों को सूँघ लिया।

"बर्फ गिरने को है।"

"है तो !"

घर के फाटक पर पहुँचे तो जाने क्यों रत्ती को किसी कटती सड़क का एहसास हुआ। जी हुआ, बाँह छुड़ाकर वह उसी राह पर बढ़ती जाए जो इस फाटक के बाहर है और उसकी है।

पाया, केशी ने थाम नहीं रखा, बाँह पर एहतियात की एक छुअन-भर।

'बज़र' देने पर दरवाज़ा खुला कि कोई अँधेरी गुफा जगमगा उठी।

लाल पैंट पर हरी जर्सी और तरेर-भरे चेहरे पर गर्म सोतों-सी दो आँखें। ओठों पर छेड़ती-सी मुस्कराहट।

"ए—अपनी दोस्त को लिवा लाए हो न !"

केशी ने एक सहलाती नज़र रीमा तक पहुँचा दी, जहाँ से कोई जवाब नहीं दिया जाता।

ओवरकोट खूँटी पर टाँगते रत्ती ने उन चार आँखों को एक प्यासी निगाह दी। जहाँ कोई बैरियर नहीं—वहीं थे वे।

इसी एक लमहे में केशी ने किसी किताब का 'टाइटल' देख लिया। बुख़ारी के पास कुर्सी खींची और बैठने का संकेत दिया।

रत्ती ने खुली आँखों से केशी को देखा कि केशी ने देख लिया है और अनजानी ज़िद में मोज़े उतार एक ओर रख दिए।

रीमा अन्दर आई। रत्ती के उघड़े पाँव देखे और ट्रे मेज़ पर रख दी।

रत्ती ने काँच के गिलास देखे तो आँखें मूँद अपने अन्दर हो गई।

कैबिनेट का खुलना, फिर वह सगी आवाज़ जो सिर्फ ढालने से आती है।

आँखें उठाईं तो केशी गिलास थमाते थे।

रत्ती ने केशी के हाथ नहीं, स्वेड में लिपटे पाँव देखे, फिर चेहरा, और ओठों से उठाकर एक लम्बा घूँट अन्दर खींच लिया।

केशी ने पीठ मोड़ी, हौले से दरवाज़ा भिड़ाया और रीमा का गिलास उसे थमा वापस लौट आए।

नीचे झुक बुखारी खटखटाई–

"ढंग से नहीं लगाते। लहकाने के लिए लकड़ी न कम चाहिए, न ज्यादा।"

रत्ती ने आँखें केशी पर गिरा दीं और अनोखेपन से सिर हिलाया–

'वही तो।'

रीमा पास आ बैठी। दो-एक छोटे घूँट लिये और आँखों-ही-आँखों में केशी को चिढ़ाकर कहा–

"फिर भूले न, मुझे तो जिन चाहिए थी..."

केशी उठे। क्षण-भर को कमरे में नीबू की गंध फैली और नया गिलास रीमा को पेश कर दिया–

"मादाम, अब ठीक !"

रीमा ने शोख़ी से गिलास उठाया। अदा में आब से ज्यादा सरूर था।

एक आँख केशी को कैद करना चाहा, फिर इरादा बदलकर रत्ती से पूछा–

"माल पर चहल-पहल थी ?"

"कम।"

"लौटती बार तो रास्ता अकेला होगा ?"

"था ही।"

केशी काफ़ी देर रत्ती को देखते रहे।

"पहले वक्त कैसे गुज़रा ?"

रत्ती ने मानो कोई पुराना हिसाब चुकाना हो।

"माल पर घूमने के सिवाय और क्या किया जा सकता है ?"

केशी ने पुराने दोस्त ही तरह इस तेवर को उड़ा दिया

और हँसकर कहा—

"रीमा, इन दिनों तुम माल पर क्या किया करती हो ?"

"इस घर की शॉपिंग—इतना तो याद है न !"

रीमा के घुँघराले बालों पर कोई मोहिनी लहरा गई हो।

रत्ती चमत्कृत हो देखती रही। क्या है जिसमें यह मामूली-सी बातचीत तिरती-सी मालूम देती है।

रत्ती ने गिलास खाली कर दिया कि मेज़ पर रखने से पहले केशी ने थाम लिया।

लकड़ी के फ़र्श पर कदम थरथराए और केबिनेट के पास गुम हो गए।

रत्ती ने ताजा घूँट लिया और रीमा की ओर मुड़कर कहा—

"कभी नन्दी की ओर से सुना ?"

खिंचाव की एक परत रीमा की आँखों में घिर आई। उठते हुए रुखाई से सिर हिलाया—

'न !'

दहलीज़ पर ठिठककर पीछे देखा—

"खाना लगे ?"

"बेशक !"

रीमा के पाँव की आहट किचन की ओर खो गई तो भी रत्ती की नज़र काफ़ी देर दरवाज़े पर अटकी रही। फिर चुपचाप चेहरे पर कोई बादल घुमड़ आया।

केशी ने देखा और नहीं देखा। उठे और कमरे से बाहर हो गए।

रीमा ने अपने को खुलकर रोने दिया, फिर बाथरूम की ओर खो गई।

बाहर आई तो बाल सँवरे थे। चेहरा दमका था और साबुन की गंध ढिठाई से हाथों पर ठिठकी थी।

खाने पर बैठे तो बच्चे के कमरे से आती आहटें मेज़ के आसपास मँडराती थीं।

"रीमा, कूमू अभी सोया नहीं है न ?"

रीमा का हाथ डोंगे पर ठहर गया। खुले से रत्ती की ओर देखा। एक छोटी-सी लहर रीमा की गोद से उठकर रत्ती के गले से आ लगी। 'अलकोहल' की गरमाहट से बिल्कुल अलग-थलग।

अपने जादू से बेखबर उड़ती-सी लापरवाह हँसी रीमा और केशी की।

सहसा रत्ती के कंठ में उमड़-घुमड़ कुछ आ जुटा। भर्राए गले से इतना ही कहा—

"कूमू बेटा कितना मीठा !"

मीठा कहते-कहते पूरी शाम रुलाई में बिखर गई।

रत्ती ने आँखों पर की धुँध में से भी जाना कि रीमा की पलकों में कोई अनजानी उलझन तिर आई है।

केशी ने सहज कर देने को पूछा—

"रीमा, कल दिन अगर खुला तो क्या बच्चे को 'जू' ले जाना पसन्द करोगी ?"

रत्ती ने अब तक आँखें पोंछ ली थीं। हँसकर कहा—

"रास्ते में कूमू जितनी बार उड़ते पाखी देखता है, उतनी बार ठिठकता है।"

सहसा रत्ती के चेहरे पर कोई फुहार पड़ी हो—

"रीमा, कल कूमू बेटा हमारे संग बर्फ पर भागता चला..."

केशी-रीमा दोनों हँसने लगे—

"शरारत किसके सामने की जानी चाहिए, यह बात तो बच्चा भी समझता है।"

'भी !' रत्ती ने मीठे मन जैसे कोई अधिकार उठा अपने पर्स में रख लिया हो।

मग्न हो रीमा की ओर देखा—

"हमें तुम्हारा बेटा बहुत-बहुत पसन्द है।"

एक बेफ़िक्र हँसी रीमा से अलग हो बुखारी के आसपास बिखर गई।

लाल सेब और मेवे की भरी ट्रे ला रीमा कार्पेट पर बैठी तो शाम की सबसे अनोखी हँसी से कमरा महक उठा।

केशी की ओर देखा—

"तुम समझे कि मैं भूल गई हूँ।"

केशी ने कमरे से, सुर्ख़ जगमगाते सेबों से, शेड के आलोक से, रत्ती के होने से अलग हो रीमा को आँखों में भर लिया और हाथ से बाल सहला दिए—

"कहाँ भूल सकती हो तुम !"

रत्ती खिलखिलाकर हँसने लगी, फिर आप ही अपने में सिकुड़ गई।

वह इस कहे गए से बाहर है। वह हर दरवाज़े के बाहर है।

उसी एक पल में रीमा ने केशी को आज़ाद कर दिया।

"मैं अभी लौटी..."

रीमा के बाहर आते ही रत्ती उठ खड़ी हुई। केशी को नहीं, केशी के पुल-ओवर को देखा। बाँहें फैला पीने

की जकड़ आँखों में उठा ली और खुद को चिढ़ाती-सी अपने कमरे की ओर बढ़ गई।

रत्ती के कमरे की आहटें मौन हो जाने तक बुखारी के पास बैठे केशी और रीमा असमंजस में एक-दूसरे को देखा किए।

रीमा ने हौले से पूछा—

"जानते हो, रत्ती कहाँ है ?"

केशी ने मानो अपने दिल से कोई आहट सुनी हो, फिर रीमा को पुचकारकर कहा—

"प्यारी लड़की, रत्ती की उलझन को अपने अन्दर दाखिल न होने दो।"

"चाहने से ऐसे किया जा सकता है क्या ? बेटे की बात पर कितनी बेबस रुलाई—देखा नहीं !"

केशी ने रीमा की काँपती सिहरन को ओठों से थिर कर दिया।

"तुम तो उसे जानती हो। तुम्हें यह बात नई क्यों लगनी चाहिए..."

इस बार कोई नामहीन भय रीमा के माथे पर घिर आया।

"किससे है यह लड़ाई !"

"किसी से नहीं। रत्ती की खुद अपने से !"

रत्ती ने कोट उतार कोने में फेंक दिया। बत्ती बुझाई। सिरहाने पर सिर टिकाया—और पाँव से ओढ़ना खींच गले तक ले लिया।

ठंडे सर्द बिछौने में गर्म पानी की रबर-बोतल।

ऐसे काम कौन नहीं भूला करता—सिर्फ रीमा। रीमा

एक अच्छी लड़की।

रत्ती ने छाती पर से हाथ उठा नीचे कर लिए। अपने को महसूस किया।

रत्ती अच्छी लड़की नहीं। रत्ती कोई औरत नहीं। वह सिर्फ गीली लकड़ी है। जब भी जलेगी, धुआँ देगी। सिर्फ धुआँ।

"रीमा...रीमा...।"

रीमा ने परदा उठाया—

"रत्ती ने कुछ कहा ? कुछ चाहिए ?"

"हाँ, मुझे कुछ पीने को दो।"

रीमा ने थरमस का गुनगुना पानी रत्ती के ओठों से लगा दिया। केशी और रीमा को संग खड़े देखा तो रत्ती हँसने लगी।

"हैरानी क्या है—मैं अभी और ले सकती हूँ।"

केशी ने दोस्ती की निगाह दी और संग पीनेवालों की निःसंग आवाज़ में कहा—

"रत्ती, क्या लेना चाहोगी ?"

रत्ती ने कोहनियाँ टिका सिर उठाया तो चेहरे की शोख़ी कम्बल पर फैल गई—

"रीमा, केशी हमेशा सही वक्त पर सही बात चुन सके। यह क्या तुम्हारे बिछौने का जादू है ?"

"ओह, रत्ती..."

रत्ती के पास झुक रत्ती की बाँहें ढाँप दीं और काँपती आवाज़ में कहा—

"ऐसा कहना बिल्कुल भी ज़रूरी नहीं।"

रत्ती का चेहरा विवश-सा हो आया। केशी की ओर देखा—

"रीमा मुझे माफ करेगी। वह जानती है, रत्ती एक

गरीब लड़की है।"

केशी ने झुक रत्ती की आँखों पर हाथ रख दिया—

"प्यारी लड़की, सुबह न बात करें ! अब सो जाना ठीक रहेगा।"

रीमा और केशी के पाँव की आहट रीमा के बेडरूम की ओर खो गई तो रत्ती की आँखें भर-भर बरसने लगीं।

चाहा कोई एक चेहरा, एक नाम याद कर किसी को पुकार सके, पर चेहरों की भीड़ जैसे 'फोकस' के बाहर हो गई और वक्त का धब्बा बनकर आँखों के सामने टँगी रही।

बच्चे को गोद में ले रत्ती टेनिस-कोर्ट में उतरी तो बर्फ की मोटी परत में पाँव धँसता चला।

नीचे बैठ हाथ से बर्फ का टीला समेटा कि बच्चे ने मूठ भर बर्फ से मुँह भर लिया।

"नहीं कूमू, नहीं—निकाल दो..."

बेटा बर्फ निगल गया और हँसता रहा।

"शैतान !"

किचन की खिड़की में रीमा ने देखा तो नीचे उतर आई।

"रत्ती, आज क्या 'मटन' पकाना चाहोगी ?"

"हाँ, लौटकर ठीक रहेगा।"

रत्ती ने बच्चे को रीमा की ओर झुलाया—

"जाओ रीमा के पास !"

बच्चे ने सिर हिला दिया—

"देखा रीमा, बेटे से हमारी दोस्ती है।"

रीमा ने बच्चे के बाल छू दिए तो रत्ती ने धूप की

गरमाहट महसूस की।

"एक मीठा दो..."

कूमू ने एक चुम्बन लहरा दिया।

केशी नीचे उतरे। रीमा ने सिर से पाँव तक केशी को देखा कि सूरज को देखा हो।

"चलें !"

"हाँ, सिर्फ पाँच मिनट—क्यों न रत्ती !"

रत्ती ने ऊपर जा बालों में ब्रश किया। चेहरा सँवारा और कोट पहन नीचे उतर आई।

रीमा आई। सिर पर स्कार्फ था और चाल में गज़ब की फुर्ती।

केशी ने दिलचस्पी से देखा। फिर पहचान से अलग पड़नेवाली हँसी के साथ कदम उठा लिए।

कच्ची सड़क की ओर मुड़ते ही रीमा ने चुप्पी को उकेरा।

"खुला दिन है।"

रत्ती ने दूर-दूर ढलानों पर चमचमाती बर्फ देखी और आँखें लौटा लीं।

केशी ने रीमा को घेरकर पास कर लिया—

"है तो !"

रत्ती ने मन-ही-मन जैसे कमरा थाम लिया हो। संग-संग कदम और ये दोनों। केशी ने फिसलन को फलाँगने की राह बनाई तो रत्ती और रीमा संग-संग हो गईं।

रीमा ने रत्ती की ओर देखा नहीं, सिर्फ़ महसूस किया।

"रत्ती नाथूयाखाँ की राह लग रही है। याद है न !"

रत्ती ने अचम्भे से देखा। आज इतने दिन बाद पहली बार रीमा केशी के 'ज़ोन' से बाहर निकली है। वह सब सुनना भी कितना पुराना !

रत्ती हँसी–

"जानती हो रीमा, एक बात हमेशा कचोटती है। बेमतलब है, फिर भी !"

रीमा ने साँस रोके रत्ती की ओर देखा, 'क्या ?'

"याद है, मुक्तेश्वर की राह में, ऊँचे फाटकवाला सेबों का बगीचा ! हम उस शाम वहाँ क्यों नहीं रुके–यह बात अक्सर मुझे परेशान करती है।"

रीमा ने अजीब-सी निगाह दी। समझने की कोशिश की तो चेहरे पर रत्ती के लिए कुछ नरम-सा उग आया। आँखें किसी गूढ़ पहेली की थाह पा लेने को हों। बहुत धीमे से कहा–

"इतनी देर से वह जगह तुम्हारे मन में अटकी रही !"

रत्ती ने सिर हिला दिया–

"वही तो। कुली रुकना न चाहते थे–पर उस क्षण फाटक से लौटते हुए भी जानती थी कि मैं बार-बार वहीं लौटना चाहूँगी। वहीं।"

रत्ती रीमा के दमकते सलोने मुखड़े पर कई पल आँखें टिकाए रही–

"उसी फाटक पर पहुँचना चाहूँगी पर अन्दर जाना नहीं चाहूँगी।"

"ऐसा क्यों रत्ती ?"

"है कुछ ऐसा रीमा कि..."

रत्ती चुप हो गई।

"कुछ कह रही थीं न तुम...!"

"नहीं। कह सकने का क्षण फिर हाथ से निकल गया है।"

रीमा ने चिन्तित होकर कहा—

"बहुत लेने लगी हो। कल क्या टाउन में..."

रत्ती ने भारी जूतों से बर्फ मसल दी—

"कल की बात मत करो। मुझे कल पीकर मर जाना चाहिए था।"

"रत्ती !"

रत्ती ने बेरहमी से अपने को रौंद दिया—

"कल आधी जिन्दगी गुज़र जाने के बाद मैंने वह गुज़रा हुआ वक्त देखा था जो मेरा हो सकता था...!"

"ओह, रत्ती !"

रीमा कुछ कहने को थी कि केशी साथ आ मिले। दोनों को घेरकर हँसे—

"फिसलन है, सँभलकर। तुम दोनों साथ-साथ यहाँ इस सड़क पर नहीं—कहीं और चल रही मालूम देती हो।"

रीमा तुनकी।

"तुम और तुम्हारी पैनी आँख।"

रत्ती खिलखिलाकर हँस दी।

एक छिपी नज़र रीमा पर डाली। दोनों ने एक-दूसरे को पकड़ा और ओठों-ही-ओठों में रत्ती और रीमा ने मानो केशी पर कोई फैसला दे दिया हो।

किचन में ज़रूरी सामान जुटा रीमा रत्ती को लिवा लाई।

"इन दिनों पावर का कोई एतबार नहीं, सो चूल्हा भी जलवा दिया है।"

कटा प्याज-लहसुन, सोंठ, दही, मेवे, मक्खन और

पैन-भरी चापें।

रत्ती ने जैसे कोई चमत्कार पहली बार देखा हो—

"तुम्हारे पैन बहुत अच्छे हैं। क्या बाहर के हैं ?"

"न, यहीं से ले आई थी।"

रत्ती रीमा को लगाव से देखने लगी। कुछ कहना चाहती थी पर शब्द जुटा नहीं पाई तो महीन-सा तेवर माथे पर उभर आया।

रीमा ने मदद करनी चाही—

"वहाँ क्या अक्सर पकाती हो ?"

"नहीं—कभी-कभार।"

जाने क्यों रीमा के गले में कुछ घुमड़ आया।

पानी का जग भर आगे रख दिया—

"इतना काफी रहेगा।"

"हाँ," फिर रीमा और किचन दोनों को लाड़ से देखा—

"सलीकेदार किचन घर की रौनक है रीमा।"

रीमा हँस दी—

"केशी कभी इधर चले आते हैं तो एक ही नज़र में सब देख जाते हैं।"

"तेज़ आँख है तुम्हारे केशी के पास।"

रीमा ने सहेली की तरह रत्ती को देखा—

"तुम दोनों के बीच अक्सर कुछ-न-कुछ बना रहता है—ऐसा क्यों है रत्ती ?"

रत्ती ने मक्खन में प्याज़ छोड़ दिया।

कुछ देर रीमा से नज़र बचाए रही। तब फ्राई-पैन आग से नीचे उतार लिया और कुछ न समझ आनेवाले कंठ में कहा—

"तुम ऐसा सोचती हो क्या ?"

"सोचती ही नहीं हूँ—देखती जो हूँ।"

रत्ती काफी देर रीमा की ओर तकती रही।

रीमा इन्तज़ार करती रही कि उसे कोई जवाब पाना है।

रत्ती ने मन की शेल्फ पर करीने से कुछ इधर-उधर रखा, फिर सहसा रीमा के आगे हथियार डाल दिए—

"जो कहती हो, वह ठीक ही होगा। यहाँ होने पर कुछ अजीब लगता है। अच्छा भी। फिर कुल मिलाकर उदास भी करता है।"

रीमा मानो इस कहे गए के पीछे कुछ खोजती रही हो। एकाएक चेहरा ढीला हो कई गुना सुहाना हो गया।

"जो भी अच्छा लगे, उसे चाहने का हक तो सबको है।"

रत्ती गम्भीर हो आई। निगाह ऐसी कि मानो रीमा को नहीं—अपने को पढ़ रही हो।

"चाहने की नहीं रीमा, चाह सकने की सामर्थ्य की बात है।"

अगले क्षण देखा, रीमा सामने नहीं है और खाली पड़ा चूल्हा तमतमाता है।

आँच धीमी कर रत्ती मसाला भूनने लगी। केशी ने अन्दर झाँककर पूछा—

"बियर के लिए धूप में कि यहाँ..."

रत्ती ने पैन पर झुका चेहरा उठाया नहीं—

"यहीं लूँगी !"

"क्या पक रहा है ? घर-भर में खुशबू भरी है।"

रत्ती कुछ बोली नहीं।

केशी ने पास आ फ्राई-पैन का हैंडल पकड़ा और आँच से उतार दिया। फिर रत्ती को घेर ओठों से माथा

छू लिया।

रत्ती काफी देर केशी की ओर तकती रही, फिर छोटी-सी लड़की की तरह उमड़कर कहा—

"तुमने कैसे जान लिया कि मुझे चाहिए था ? क्या रीमा ने सिफारिश की ?"

केशी हँसे नहीं, देखते रहे—

"अपने को परेशान रखने से थकन नहीं होती ?"

रत्ती ढिठाई से केशी के चेहरे पर ठिठकी रही—

"होती है और नहीं भी होती—दोनों।"

फिर रुककर जोड़ा—

"तुम दोनों तो बहुत-कुछ जानते हो। पूछकर क्या सही करना चाह रहे थे ?"

"नहीं रत्ती ! सिर्फ गलत को सही करने की ज़रूरत होती है।"

रत्ती का चेहरा खिल गया। बाल लहराकर कहा—

"कुछ ऐसी बात करते हो कि सही मालूम दे।"

केशी के माथे पर जैसे रीमा घिर आई। बहुत हौले से कहा—

"जितना गलत सोचना गलत है उतना सही को कम सही समझना भी।"

रत्ती पर जैसे चोट की गई हो—

"क्या कह रहे हो ?"

"यही कि हमेशा अपने से अपने अन्दर लड़ते रहने का कोई फायदा नहीं। लड़ाई को अपने से बाहर रखकर लड़ना हमेशा अच्छा है।"

रत्ती ने निर्दयता से पैन में नारियल छोड़ दिया।

"तुम बहुत-कुछ जानते हो, पर यह नहीं।"

"रत्ती...!"

"नहीं।"

केशी एक छोटे-से पल को किसी संकेत की राह तकते रहे, फिर बाहर हो गए।

चौकोर छोटे कमरे में बच्चे का 'पालना'। अलमारी। खिलौने। कोने में जलता रेडियेटर। छत से झूलते आलोक में दिन की धुलाई के कपड़े। रत्ती ने कपाट खोल अन्दर झाँका और आया से हौले से पूछा—

"क्या बच्चू सो गया ?"

"न जी, मचला पड़ा है। ममा की आवाज़ पर बेर-बेर आँखें खोलता है।"

रत्ती पास झुकी। टिम-टिम आँखों की झपकन कि रेशम हिलता हो।

पालने पर झुक कूमू के ओठों पर उँगली रख दी—

"चुप, चुप !"

बेटा खिलखिला दिया। रत्ती ने बालों में हाथ फिराया तो नींद में तिरती आँखों की हँसी देख ऐसा लाड़ उमड़ा कि दूध की बूँद उमड़ी हो।

बच्चे ने पालने की रेलिंग पर मुखड़ा धर लिया और गोद में आने को मचलने लगा।

आया ने घुड़की दी, "चुप !" और बच्चे को लिटाकर थपकने लगी।

"तुम्हारे बच्चे हैं ?"

आया का सख्त चेहरा और सख्त हो गया। बाँझ बेबसी से आँखें पुत गईं।

"कहाँ जी ! इस मिट्टी में जिंद न पड़नी थी न पड़ी।"

रत्ती ने एक लपलपाती नफ़रत से आया को देखा। ऐसी ठंडी सूखी औरत से रीमा अपने बेटे को क्यों दुलराती है ?

"इधर दो बच्चे को—हम सुलाएँगे।"

बच्चे के सोने तक सबकुछ आँखों में सिमट गया। कब बच्चे को नींद आए। कब पलकों पर पंख फैलाए।

कितना सुख, गहरा और मीठा !

आया फुसफुसाई, "बाबा तो सो गया..."

रत्ती ने बच्चे को लिटाया तो आया ने जतन से सिरहाना लगाया। कपड़ा ओढ़ाया।

रत्ती ने जाने कैसी आँखों से आया को टटोला। फिर अपने को। एक सिहरन देह के आर-पार हो गई।

ये दो वीरान औरतें क्यों इस बच्चे के पास खड़ी हैं ? कल रीमा से ज़रूर कहेगी—इन दोनों को निकाल बाहर करो।

रत्ती ड्राइंगरूम में आई तो दीवारों से घिरे ताल में उठती आवाज़ें थिर हो गई थीं।

केशी किताब में खोए थे।

कुशन पर कोहनियाँ टिकाए रीमा कार्पेट पर अधलेटी थी।

रत्ती पास आ बैठी।

"दयाल गए ?"

"हाँ !"

रत्ती को रीमा बहुत छोटी लगी।

उरसुला दयाल का लहजा कुछ झपटता-सा मालूम देता है। मुकाबले में दयाल कहीं ज्यादा ठहरे हुए। उनकी

पुरानी अदाओं का एक अपना रंग है।

केशी ने सिर उठाया—

"ऐ, क्या गौसिप है ?"

"कुछ नहीं, नर्व्ज़ पर पूरी शाम लटक रही है।"

"रीमा, एक सुझाव है। इतनी आसानी से असर मत होने दिया करो।"

रीमा हँस दी—

"मेरे पास वह 'ट्रैंक्विलिटी' कहाँ जो केशी के पास है !"

"तुम्हारा यह कहना मुझे अच्छा लगा है...अच्छा है रीमा !"

केशी को लगाव से अपनी ओर तकते पाया तो नज़र में तरेर भर पूछा—

"और लेना चाहोगे कि खाना लगे ?"

केशी उठे। रीमा को कंधे से थामकर बिठा लिया।

"तुम एक और लो न !"

रीमा पहले शरारत से हँसी, फिर छेड़ा—

"एक शैम्पेन मेरी तुम्हारी ओर उधार है। याद है न !"

"वक्त नहीं था रीमा—नहीं तो वह मेरी खुशी होती।"

रीमा ने इस बीच जादुई तार को पहले ढील दी, फिर आप ही खींचकर ओझल कर दिया और कमरे के बाहर हो गई।

रत्ती ने नया गिलास लेकर केशी को खुले से देखा।

"आज कुछ थकी हो क्या ?"

"नहीं तो !"

आवाज़ में झुँझलाहट थी।

केशी ने आँखें किताब पर झुका लीं।

कमरे में असह्य मौन और किसी की मौजूदगी का भारीपन।

रत्ती ने आँखें मूँद लीं। कई क्षण के बाद खोलीं तो पाया, सिर्फ क्षण बीते हैं। बाकी सभी कुछ वही है।

"क्या सोच रही हो ?"

रत्ती न कुछ बोली और न आँख मिलाई।

"रत्ती...!"

केशी की आवाज़ में कुछ था।

रत्ती ने दोनों हाथों को एक-दूसरे में जकड़ गोद में रख लिया और निर्दयी कड़वाहट से कहा—

"जो सोच रही हूँ, तुम नहीं समझोगे। तुम दोनों।"

केशी ने हिसाब की सफाई से एक-एक शब्द रत्ती तक पहुँचाया—

"जो कुछ भी जाना जा सके, वह किसी के जानने से परे नहीं। बाहर नहीं। सिर्फ जानना ज़रूरी है।"

रत्ती की आँखों में एक हारी हुई लड़ाई की चमक उठी। क्रूर बेबस और खूबसूरत। बोल ऐसे कि रेलिंग पर से नीचे फेंक रही हो।

"कुछ भी किसी के जानने से परे नहीं—यही न !"

तब एक तड़पती सर्द निगाह केशी के दिल पर रख दी—

"लेकिन बहुत-कुछ जब अपने जीने के बाहर हो तो..."

इसके पहले कि केशी कुछ कहें, रत्ती लकड़ी का फर्श रौंद कमरा छोड़ गई।

दरवाज़ा खोल रीमा अन्दर आई। पास आ खड़ी हुई तो केशी ने देखा नहीं।

"किसे देख रहे हो ?"

"वह यहाँ नहीं है।"

केशी ने हाथ बढ़ा रीमा को पास खींच लिया। सिर सूँघा और ओठों को छू संकेत किया—चुप !

बहुत सुबह नींद के कोहरे में रत्ती ने जैसे कोई शोर सुना हो। दीवार पार की आवाज़ें कानों में तिरती-सी। भोर में लहराते पतले भारी स्वर।

रत्ती ने आँखें खोल दीं। कुछ है जो सपने से बड़ा है। नींद से भी। खुद केशी और रीमा से भी। वह हमारा कूमू बेटा है।

रीमा की आवाज़ सुन पड़ी।

"ममा आ रही है कूमू..."

बच्चा अपने कमरे में खिलखिलाया।

"छोड़ो बच्चू, ममा के बाल नहीं खींचते। जाओ पपा के पास।"

"आओ—इधर लेटो। ऐसे...ऐसे..."

सुनकर रत्ती के मन में कुछ घुल गया। उठी। ड्रेसिंग गाउन पहना। बाल सँवारे। पैरों में एक थिरकन। कुछ ऐसा कि साथ के कमरे में ज़िन्दगी से मुलाकात करने जाती हो। चाव। ताज़गी।

द्वार पर से आवाज़ दी—

"कूमू !"

रीमा ने पुकारा—

"आओ रत्ती, बच्चू ढूँढ़ रहा है।"

रत्ती ने दहलीज़ पर अपने को रोका। दीवारों के उस पार का जादू कहीं टूट न जाए।

अन्दर जा बच्चे को देखा—रीमा और केशी को कि कहीं कोई परदा खींच रीमा ने कहा—

"आओ, बैठो रत्ती !"

हरे कार्पेट पर रत्ती ने घुटने टेक दिए। दिल में कुछ ऐसा हुआ कि हाथ उठा इन सबके लिए दुआ माँग ले। इस ज़िन्दगी के टुकड़े के लिए—रत्ती के इतने करीब है जो।

रत्ती ने बच्चे को गुदगुदा दिया—

यही है जो सुबह है।

रीमा और केशी। दो धुले चेहरों पर बिल्कुल एक-सी मज़बूत फेंसिंग।

"आज इतनी सुबह कैसे उठी रत्ती !"

"कुछ आहट-सी थी कि नींद खुल गई।"

रीमा ने केशी को देखा—

"बच्चू सुबह-सुबह बहुत शोर करता है।"

"आज कूमू रोया तो नहीं !"

केशी की आवाज़ थी।

रीमा ने आँख से तरेरा। गुस्सा और उलाहना एकसाथ।

रत्ती ने देखा और उठने को पाँव समेट लिए।

केशी ने हल्की-सी खीज अंकित की—

"आराम से बैठो रत्ती—कुशन ले लो न !"

रत्ती उठ खड़ी हुई। एक हँसी ओठों पर आई, पर फैली नहीं।

"चलती हूँ—कुछ देर आराम करूँगी।"

रत्ती ने कमरे से बाहर आते सुना—

"तुम दोनों के बीच कोई 'पैक्ट' हुआ है क्या ? कम-से-कम देखनेवालों को तो ऐसा ही लगता है।"

"होगा रीमा। मुझमें और रत्ती में नहीं—तुम दोनों में। दोनों अपनी धुँधली थैरेपी से आसपास घर और घर में रहनेवालों को जकड़े रहती हो।"

"केशी !"

इसके बाद रत्ती ने कुछ सुना नहीं। बिछौने पर लेट क्षण-भर को टुकुर-टुकुर मानो अपने को ही देखा हो और दीवार की ओर मुँह कर आँखें मींच लीं।

रीमा ने केशी की मेज़ पर से चैक उठाया। रत्ती को पास खड़े देखा तो हँसकर कहा—

"केशी से लेना अच्छा लगता है। जो कहना चाह रही हूँ—तुम समझोगी। देते हैं तो लगता नहीं, कुछ दे रहे हैं। इस्तेमाल करने को थमा रहे हैं—इतना ही।"

"तुम्हें केशी कुछ दूसरा नहीं लगने देते—अपने-आपमें यह बड़ा सुख है।"

रीमा शरारत से हँसी—

"रत्ती, तुम केशी के लिए कुछ कहती हो तो केशी केशी नहीं, कोई और लगने लगते हैं।"

रत्ती के माथे पर हल्का-सा तनाव दीख पड़ा—

"कुछ ग़लत कह दिया है क्या ?"

रीमा काफ़ी देर तक रत्ती का चेहरा टटोलती रही। तब सिर हिलाकर कहा—

"न, तुम कुछ दूसरा करके ले रही हो। मैं मज़ाक में कह रही थी।"

रत्ती ने बौखलाई आँखें उठाईं। फिर जाने क्या

सोचकर एक फीकी हँसी से ढाँप लीं।

"रीमा, मेरे जीने की रेंज बहुत छोटी है और शायद चीज़ों को देखने का ढंग भी।"

रीमा कुछ बोली नहीं। सिर्फ देखा भर।

फिर शॉपिंग-बैग हाथ में ले घड़ी देखी–

"हमें चल देना चाहिए।"

चौड़े मैदान तक कोई भी कुछ बोला नहीं। सहसा तनाव से छुटकारा पाने को रत्ती ने कहा–

"आसार तो हैं शायद बर्फ पड़े।"

अनमने से रीमा ने पूछा–

"कुछ कहा क्या ?"

रत्ती ने क़दम तेज़ कर लिए।

बैंक के सामने रीमा रुकी–

"तुम्हें साँस चढ़ रही है रत्ती, सामने रेस्तराँ में आराम लो। मैं अभी आ मिलती हूँ।"

रीमा की निगाह कुछ ऐसी कि तुम बड़ी हो चुकीं। बड़ी।

रत्ती की छाती पर जैसे फाटक बन्द हो गया हो।

तुम–मैं–वह छोटी लड़की।

रत्ती ने कोट उतार सीट पर पटक दिया। सीढ़ियाँ चढ़ 'टायलट' में खो गई फिर से छोटी हो जाने के लिए।

बालों में कंघा घुमाया। कॉम्पेक्ट निकाल लिपस्टिक ताज़ी की। दर्पण में झाँका तो किसी उम्र पर ठिठक गया-सा चेहरा।

चुप। आँखें पोंछ लीं और उम्र में से दस साल घटाई हुई चाल से नीचे उतर आई।

रीमा आन पहुँची थी और अपने में खुश लगती थी।

"कुछ ऑर्डर किया ?"

"नहीं।"

"क्या लेना चाहोगी ?"

रत्ती के माथे पर ऊब घिर आई—

"कुछ भी।"

रीमा ने ऐसा ऑर्डर दिया कि रत्ती ने दिया हो। वही पसन्द।

फिर रत्ती पर टिककर कहा—

"बियर मिस कर रही हो तो ले क्यों नहीं लेतीं ?"

रत्ती ने स्कूल से निकली लड़की की तरह सिर हिला दिया और ज़िद से कहा, "नहीं।"

अगले ही पल आँखों में एक चाहत फैल गई। रीमा से ऐसे पूछा, जैसे कोई राज़ पूछती हो—

"लूँगी नहीं, पर तुम कैसे जान गईं ?"

रीमा हँसने लगी—

"ऐसे मत सोचो, खास बात कह रही हूँ। प्यास आँखों में उतरती है और जकड़ लेती है।"

"इस वक्त ऐसी दिख रही हूँ क्या ?"

"अभी ही नहीं—तुम अक्सर ऐसी दीखती हो।"

रत्ती सहमकर रीमा की ओर देखने लगी। फिर झुँझलाहट में कहा—

"ओह रीमा, तुम्हारी वही पुरानी आदत। क्या है और क्या नहीं को 'शफल' करते रहने की।"

जवाब में रीमा खुली आँखों से देखती रही, फिर बात बदलकर कहा—

"आजकल वहाँ शाम कैसे गुज़रती है ?"

रत्ती को किसी झुरझुरी ने समेट लिया। रुखाई से

कहा—

"जैसे गुज़र सकती है, वैसे ही।"

फिर जैसे अपने को कचोटने को जोड़ा—

शाम की ख़ातिर करते-करते अब जी उकता गया है।

रीमा की आँखों में दर्द-सा उग आया—

"अजीब बात है..."

रत्ती ने चुनौती दी—

"रीमा, बीच में न छोड़ो। कह दो न !"

"यही कि जहाँ तुम अटक गई हो—तुम्हें वहाँ नहीं, कहीं और होना चाहिए।"

अक्सर हारनेवाले की ढिठाई से रत्ती ने सिर हिला दिया—

"मुझे जहाँ होना चाहिए, मैं वहीं हूँ। और मुझे कोई मलाल नहीं रीमा।"

"केशी कहते हैं, रत्ती को आगे देखना चाहिए। सरकना चाहिए।"

रत्ती हँसने लगी। खोखली-सी हँसी—

"प्यारी रीमा, मेरा 'आगे' है कहाँ ! मुझे तो आँखों के सामने आगे-पीछे होती तस्वीरों को देखना-भर है, बस।"

रत्ती ने गिलास उठा एक घूँट पानी लिया और ठंडे सर्द गले से कहा—

"मेरा कोई भविष्य नहीं। मेरे आगे कुछ नहीं।"

रीमा कुछ बोली नहीं और नज़र चुराए रही।

रत्ती को खाने में रुझे देखा तो हल्केपन से कहा—

"कभी मुकुल मिले ?"

"मुकुल बार से लौटे तो सिर्फ एक बार ही मिलना

हुआ।''

''कभी लिखते हैं क्या ?''

''हाँ और न, दोनों ही। कभी-कभार पिक्चर-पोस्टकार्ड पर इतना ही कि हवा में वसन्त लहरा गया है। या पीने को यहाँ इतना कुछ है कि तुम्हारी याद आ गई।''

''गए साल एक दिन पेवमेंट पर मिल गए। हम लोग कॉफ़ी के लिए जा बैठे। लंच लिया। शाम की चाय, फिर रात का खाना भी। बैठे रहे और लगता रहा कि हम हमेशा से वहीं बैठे हैं।''

साँस रोके रीमा ने पूछा, ''फिर ?''

''कुछ भी नहीं। मैं जानती थी कि मुकुल अगले दिन जा रहे हैं। वह जानते थे देर तक मुझसे मिलेंगे नहीं, लेकिन किसी ने किसी को कुछ नहीं कहा। और आखिरकार उठे तो लगा, जो दिन हम जी रहे थे वह मर गया है।''

रत्ती ने इस बार जैसे अपने को ही कुरेदा हो—

''मुकुल अगर रहते भी तो देर तक हम दोनों को एक-दूसरे से मिलने की ज़रूरत न होती। हम दोनों को मालूम था, वहाँ बैठे हम एक-दूसरे के आर-पार कहीं और देख रहे थे।''

रत्ती के माथे पर त्रास का त्रिशूल उभर आया—

''अपने को 'इंटैक्ट' रखने के लिए जब वक्त को ढेर कर दिया जाए...''

रीमा की आँखों में धूल-भरा अंधड़ उठ आया—

''क्या मुकुल के लिए कह रही हो ?''

रीमा की आँखों में सहम देख रत्ती जैसे कहीं दूर से लौट आई हो।

रत्ती ने हाथ ढाँप दिया—

“नहीं, मुकुल की बात नहीं। रीमा, जानती हो, मेरे लिए हर बार मिट्टी का ढेर था। हर बार बीच में वही ढेर मिट्टी हो गए वक्त का।”

केशी ने दिलचस्पी से दोनों की ओर देखा।

“तुम्हारे लिए फोन था रत्ती। वीरेश का होगा।”

“हाँ।”

हाथ-मुँह धो, ताज़ी हो रत्ती बुखारी के पास आ बैठी तो केशी के माथे पर एक सिलवट खिंची थी।

“वीरेश मेरे लौटने का दिन पूछ रहे होंगे।”

केशी चुप रहे कि आगे और कुछ सुनना चाहते हों।

रत्ती हँसी–

“बता तो नहीं दिया ?”

केशी ने एक बार और कुरेदा–

“कह ही दिया होता तो क्या होता !”

“कुछ नहीं। इतना ही कि स्टेशन पर पहुँचे होते।”

रीमा ने छेड़खानी की–

“उसमें तो तुम्हें सुविधा ही होती।”

“होती !...”

रत्ती ने जैसे प्लेटफार्म पर वीरेश को खड़े देखा हो। लगाव से हँस दी।

“जो अच्छे मैनेजर की तरह हमेशा बन्दोबस्त किया करें–कायदे से ऐसे दोस्त को प्रोग्राम जानने का हक है। पर जानती हो रीमा, अपने-आप गाड़ी से उतरकर खुद की सत्ता बरकरार रखनी भी ज़रूरी होती है।”

केशी ने जैसे कुछ तह पलटकर देख लिया हो।

रीमा ने लाड़ से रत्ती की ओर देखा–

"तुम एक सख्त औरत हो, यह तो मानोगी ?"

रत्ती की छाती-तले कोई कगार टूटा हो।

"कुछ दूसरा तो किसी ने कहा नहीं, इसलिए तुम्हारी बात कुछ तो सच होगी।"

सहसा रीमा ने केशी की आँखों से कोई संकेत उठाया और बात बदलकर कहा–

"हमें लंच के लिए ले जा रहे हो न कल ?"

"ज़रूर रीमा।"

रीमा रत्ती की ओर मुड़ी–

"यहाँ कभी-कभी ऊब जाती हूँ।"

फिर केशी को छेड़ने को कहा–

"हाँ, केशी को फ़र्क नहीं पड़ता।"

केशी हँसने लगे तो आँखों-ही-आँखों में रीमा ने केशी तक कोई पैग़ाम पहुँचा दिया। फिर नटखट अदा से चिढ़ाया–

"केशी को चाहनेवाले यहाँ बहुत हैं।"

केशी ने हाथ बढ़ा रीमा के बाल लहरा दिए।

रीमा ने केशी का हाथ थाम लिया–

"अक्सर सुनने में आता है, केशी के पास खूबसूरत हाथ हैं।"

"मादाम, कुछ लोग तुम्हारी आँखों में भी अटक जाते हैं।"

शोख़ अधमुँदी खुमारी में रीमा उठ खड़ी हुई। आँखों में मानो बाँहें खुली हों। और घुँघराले बालों में चमके हों जुगनू।

बच्चू बुला रहा है। कुछ देर के लिए माफी।

रत्ती ने शॉल उठा कंधों पर फैला लिया।

केशी देखते रहे—

"सर्दी ज़्यादा है क्या ?"

रत्ती देर तक केशी की ओर देखती रही, फिर हौले से कहा—

"रीमा के जाते ही कुछ ऐसा लगा कि कमरे से गरमाई चली गई है।"

केशी के माथे पर अजीब-सी तपिश घुल आई—

"कभी-कभी हैरानी होती है कि तुम दोनों एक-दूसरे के इतने करीब !"

रत्ती कुछ बोली नहीं। न पलकें झपकीं।

केशी असमंजस में खड़े-खड़े तकते रहे, फिर कैटल का स्विच ऑन कर कैबिनेट खोली। गिलास निकाल मेज़ पर रख दिए। ऐसे कि अपनी ही बात का जवाब खोज लाए हों।

रीमा बच्चे को गोद में लिए अन्दर आई तो सहसा भरे गिलास फीके और उदास दीखने लगे।

जो शरारती झपक न साक़ी को ज़ेर कर दे वही बचपन।

"रत्ती को प्यार दो कूमुल..."

कूमू ने रत्ती को दोनों ओर चूम लिया।

पपा को। फिर हँसते-हँसते ममा के माथे का बिन्दु चूम लिया।

आया के कंधे पर बेटा हाथ हिलाते-हिलाते अपने कमरे की ओर ओझल हो गया तो मानो मेज़ पर काँच की लय बिखर गई।

रत्ती ने घूँट लिया और ठंडे सर्द स्वर में कहा—

"इतवार को जाना चाहूँगी, रीमा !"

"जल्दी क्या है रत्ती !"

"कुछ नहीं। सिर्फ छुट्टी खत्म है।"

"और ले सकती हो रत्ती..."

रीमा के स्वर में कंपन था, आग्रह था।

केशी रीमा की ओर मुड़े—

"रत्ती को अपनी सहूलियत से जाने दो रीमा।"

रीमा की आँखों में पानी का अक्स झिलमिलाया। कुछ याद आ जाने की मुद्रा में उठी और परदा हिला बाहर हो गई।

रत्ती कुछ बोली नहीं। पतले ओठों पर एक अनजानी लकीर उभरी और तत्काल ही गुम हो गई।

लम्बी साँस भर हौले से अन्दर खींच ली। बेआहट।

तब चाहभरी नज़र से पूरे कमरे को देखा और केशी की ओर हाथ बढ़ा दिए।

केशी कई क्षण हाथ थामे रहे—

"मन होने पर कभी भी 'वीक-एंड' के लिए यहाँ आया जा सकता है रत्ती ! हम दोनों को खुशी होगी।"

पढ़ लिए जाने की झुंझलाहट से रत्ती का चेहरा कड़ा हो आया।

अचानक केशी ने झँझोड़ा हो—

"क्या देख रही हो ?"

"देख रही थी कहीं एक ऐसा कोना इस कमरे में हो जिसे कोई न देख सके। एक रत्ती को यहाँ छिपा जाऊँ और दूसरी को गाड़ी में बिठा अपने साथ ले जाऊँ।"

केशी भरपूर रत्ती की आँखों में देखते रहे—

"रत्ती, हर आदमी के 'एक' में 'दो' होते हैं। मैं ठीक कह रहा हूँ न !"

आवेश में रत्ती उठ खड़ी हुई। बाहर जाते-जाते

पलटी और उत्तेजित-सी केशी के पास आ खड़ी हुई।

"किसलिए...किसलिए तुम ऐसी सर्द बेरहमी से मेरे ही लिए मुझे 'डीफाइन' किया करते हो ! मुझे ही टाइप कर, मेरी टाइप-कॉपी मेरे सामने डाले चले जाते हो !"

"रत्ती !"

—रीमा की आवाज़ थी।

रत्ती ने रीमा को पास खड़े पाया तो कमरे-भर में कड़वाहट फैला दी।

"तुम भी रीमा, तुम दोनों। एक ढकी-छिपी पुरानी औरत को धूप दिखाने के बहाने तार-तार हुए उसके कपड़ों पर हाथ फेरा करते हो।"

रीमा ने छटपटाकर रत्ती को पुकारा-भर—

"रत्ती !"

"ओह !"

रत्ती ने विवशता से सिर हिलाया—

"क्या कह रही हूँ मैं—क्यों कह रही हूँ—तुम दोनों तो यह भी जान लोगे।"

रत्ती ने आँखों पर हाथ रख लिए और बेहद थकी आवाज़ में कहा—

"जब भी ऐसे देखते हो मुझे, मेरा पोस्टमार्टम-सा होता लगता है।"

भरी आँखों से रीमा ने केशी की ओर देखा—

"तुमने रत्ती को इतना परेशान होने दिया।"

केशी पास आए। बाँह से घेर रत्ती को दीवान पर बिठा दिया और माथे को छूकर कहा—

"माफी दो रत्ती, मुझे सोच लेना चाहिए था..."

फिर रुककर कहा—

"क्या दोनों लड़कियाँ बाहर जाना पसन्द करेंगी ?"

"हमें आने की इजाज़त है ? रतिका, हम चले आएँ ?"

बच्चे की ओर से इजाज़त माँगती रीमा और परदे पर नन्हा-सा हाथ रखे, आँखमिचौनी करता कूमू का ताज़ा मुखड़ा।

"आओ। कूमू बाबा, आ जाओ !"

रीमा की गोद से उचक बच्चे ने रत्ती की ओर बाँहें फैला दीं।

रत्ती ने बिछौने में बिठा लाड़ से कपड़ा ओढ़ाया, फिर गुलाबी गालों पर टिमका देकर कहा–

"बोलो तो कूमू, क्या मिलेगा ?"

बच्चे की आँखें चमकने लगीं।

रत्ती से लगकर कहा–

"किशमिश...किशमिश।"

रीमा और रत्ती हँसती चलीं कि आया ने मेवे-भरी कटोरी बच्चे के हाथ में थमा दी।

कूमू बच्चा जैसे प्याले में बँध गया। मेवे के हर दाने में रस गया।

रत्ती ने बालों पर हाथ फेरा–

"हमारा बेटा !"

फिर कूमू को नहीं मानो उगते वक्त को बाँहों में बाँध लिया।

"मीठू बेटा...बहुत मीठा।"

बेटा किशमिश ख़लासकर हँसने लगा। शरारत से रत्ती की ओर देखा। कलाबाज़ी ली और रत्ती के बाल नोच लिये।

आँखों में झूठ-मूठ का गुस्सा भर रत्ती पहले बच्चे को तरेरती रही, गुलाबी गालों पर टिमके दिए और मोज़ों में लिपटे नन्हे-नन्हे पाँव चूम लिए।

रीमा, केशी और कूमू बाबा—

रत्ती ने मानो इस पुल पर से अँधियारे की गहरी दुर्गम घाटी पार की हो।

सुरंगें

समरहिल का मोड़ आते ही खिड़की से झिलमिलाता तारा ओझल हो गया और रेलकार लम्बी सुरंग में जा घुसी।

रत्ती ने आँखें मूँद लीं। उसका तारा चमकता तारा नहीं है। है तो सिर्फ कोयला पत्थर। वही रंग। वही तासीर।

चीड़ के पेड़ों पर साँय-साँय हवा और नन्हे-नन्हे पाँवों उछलती-कूदती बच्चों की·टोलियाँ।

एक बार टीलो
टीलो ही टीलो
दूधिया तुम्हारी
काली हमारी।

लकड़ी के कपाट, दहलीज़ें, खिड़कियाँ, चौखटें, टीन की छतें, पत्थरों के नीचे, पेड़ों के तनों पर कोयले की लकीरें। चाक की लकीरें।

क्या खेल था ! बच्चे अपने-अपने लिए लकीरों की खेतियाँ उगाते हों मानो।

कोयले से काली। चाक से उजियाली।

हाथों में सूरजमुखी के फूलों का ढेर लिए रत्ती खुशी-खुशी उतराई उतरने लगी। सुहाती। इतराती।

ऊपर के मोड़ से अज्जू ने पुकारा—

"रुक जाओ रत्ती, मैं भी संग आ रहा हूँ।"

जंगले पर पाँव टिका, रत्ती जतन से फूल थामे रही।

अज्जू ने पास आ ललचाई आँखों से देखा—

"कहाँ लिए जा रही हो इतने फूल ? किसे देने हैं ?"

रत्ती की आँखें चमकने लगीं—

"अपनी मिस को दूँगी।"

इस बार अज्जू ने हाथ से छू लिए—

"कितने ढेर सारे ! क्या अपने घर के हैं ?"

रत्ती ने शोख़ी से सिर हिलाया—

"हाँ ! पीछेवाली क्यारी से तुड़वाकर लाई हूँ।"

"रत्ती, एक बात है..."

"क्या ?"

"पिक्कू कहता है...मालूम है, क्या कहता है ?"

"न !"

"पिक्कू कहता है...अच्छा, पहले यह कहो...मुझे अपने घर से फूल दोगी न !"

"नहीं। पहले बताओ, पिक्कू क्या कहता है ?"

"कहता है...वह कहता है, तुम अच्छी लड़की नहीं हो।"

रत्ती चलते-चलते रुक गई। सुनहरे बाल धूप में चमचमाए और आँखों की कोरों में अहंकार का काजर चमकने लगा।

"अहँ...मुझे हमेशा लाल स्टार मिलते हैं। मैं अपनी किताबें-कॉपियाँ सफाई से रखती हूँ। किसी से चीज़ नहीं

माँगती। मैं अच्छी लड़की कैसे नहीं !''

अज्जू ने कान के पास मुँह लगाकर धीमे से कहा—

''किसी ने बुरा काम किया था न तुम्हारे साथ ! खून निकला था न !''

रत्ती ने आगे कुछ सुना नहीं। फटाक से सूरजमुखी का ढेर अज्जू के मुँह पर दे मारा—

''मारूँगी, मैं तुम्हें और मारूँगी।''

रत्ती ने अज्जू का सिर धुनक दिया।

अज्जू ऊँचे-ऊँचे रोने लगा—

''मैं ही अकेला थोड़े कहता हूँ। सब लड़के-लड़कियाँ...''

रत्ती ने घूँसों से पीटा...इधर-उधर फिर ज़मीन पर पटक दिया—

''मिस डेविड से कहकर 'पनिश' करवाऊँगी।''

''मुझे क्यों मारती हो रत्ती...डॉक्टर अंकल की लड़की डिम्पी सबसे कहती फिरती है।''

इसके बाद रत्ती वहाँ रुकी नहीं। भागती गई और रोती गई।

नुचे हुए पंखों-सी सूरजमुखी की पँखुड़ियाँ सड़क पर बिखरी रहीं...

वह हवा-घर...वह भद्दा चेहरा—वह नीचे पटकता हाथ।

खाने की मेज़ पर मामा-पापा की ओर देखा। शक्लों पर जैसे अज्जू और डिम्पी की आँखें लग गई हों।

बार-बार माँ को घूरते पाया तो गले से धुआँ उठने लगा।

पापा के चेहरे पर जैसे कोई राज़ भिंचा हो।

रत्ती ने हाथ का चम्मच ज़ोर से प्लेट में दे मारा।

पापा की सख्त आँखों ने रत्ती के नाखून जकड़ लिए। डपटकर माँ से कहा—

"इतने गन्दे नाखूनों से इसे स्कूल भेजा करती हो ! बच्चे इसे छेड़ेंगे नहीं !"

रत्ती ने अलट-पलट अपने हाथों को देखा, फिर मामा को, पापा को और दोनों हाथों की मुट्ठियाँ भींचकर प्लेट में धर दीं।

"रत्ती !"

पापा की आँखों से कोई आग बरसने लगी—

"प्लेट में से हाथ उठाओ !"

रत्ती ने ऐसा कुछ नहीं किया। सिर्फ़ माँ की ओर देखा। माँ ने पापा की ओर, और चीखकर कहा—

"उठाओ !"

रत्ती ने ठंडी आँखों से मामा-पापा की ओर देखा और प्लेट में से हाथ उठा मेज़ पर पड़ी प्लेटें, गिलास दनादन फर्श पर पटकने लगी।

"रत्ती !"

पापा ने कान पकड़ कुर्सी से उठा लिया।

मामा ने नज़र से फटकारा और फर्श पर बिखरे टुकड़े समेटने लगी।

दरवाज़े पर आया दीख पड़ी कि पापा ने उसे संकेत से वापस लौटा दिया।

पापा के कड़े हाथ-तले रत्ती का कान भुनभुनाने लगा—

"अपने दोनों कान पकड़ो और दीवार की ओर मुँह कर खड़ी रहो। तुम्हारे लिए यही सज़ा है।"

रत्ती हिली नहीं और ढिठाई से सामना किए रही।

अचानक माँ पास आई और रत्ती का सिर झन्ना गया–

एक, दो, तीन...और...

आखिर पापा ने गुस्से से खींच लिया–

"छोड़ दो इसे !"

रत्ती अब भी ढिठाई से घूरती रही। आँखों में ऐसी छटपटाहट कि मामा डिम्पी हो और पापा अज्जू !

हाँफकर माँ ने एक कड़वी नज़र लड़की पर डाली। पिटाई के बाद भी...

पापा ने कड़ककर फिर पूछा–

"मिस डेविड के घर जाते हुए तुमने अज्जू को क्यों पीटा ?"

फिर वही गुस्ताख़ चुप्पी !

"उसने फूल माँगे थे तो दे क्यों नहीं दिए ?"

मामा ने लड़की को घूरते पाया तो तिलमिलाकर फिर झिंझोड़ा–

"उसे तुमने पीटा क्यों...सच-सच कहो ?"

रत्ती ने इस बार माँ का हाथ झटक दिया–

"मैं कभी झूठ नहीं बोलती।"

मामा के हाथ नीचे लटक गए। पापा ने एकाएक नरम स्वर में कहा–

"बेटी, अज्जू को तुमने इस बुरी तरह से क्यों पीटा ? जानती हो, उसके पापा ने स्कूल में शिकायत भेजी है ?"

रत्ती कुछ पल मामा-पापा की ओर देखती रही, फिर मन-ही-मन कुछ फैसला कर कहा–

"वे सब मुझे बुरी लड़की कहते हैं।"

पापा की नज़र बच्ची के चेहरे पर ठिठक गई, फिर कुरेदकर पूछा—

"सबसे लड़ती-झगड़ती रहती हो। कुछ तो वजह होगी।"

माँ ने जोड़ा—

"पापा से कह दो बेटी...उन्हें तुम्हारी मिस को जवाब देना है।"

रत्ती ने आँखें उठाईं कि कोई आग बुझ गई हो। ठंडी। बेबस। फिर हौले से जैसे कोई इबारत दोहराई हो—

"पापा, डॉक्टर अंकल की लड़की सबसे हवा-घर की बात कहती है !"

"रत्ती !"

माँ की आँखों ने जैसे अपने को ही कैद कर लिया हो। न आँखें झपकीं, न गले से बोल ही निकला।

पापा ने तत्काल ही जैसे नया चेहरा लगा लिया हो। पुचकारकर कहा—

"बेटे, यह बात तुम्हें मामा-पापा को पहले ही बता देनी चाहिए थी।"

रत्ती ने मंजूर नहीं किया कि लड़ाई ख़त्म हो गई।

खड़े-खड़े हाथ मेज़ पर फैलाया और बचे-खुचे सामान पर तहलका बरपा कर दिया।

फूटती रुलाई को बरबस रोक भर्राए गले से कहा—

"आप दोनों भी गन्दे हो ! गन्दे !"

"इधर आओ बेटे...!"

रत्ती ने मामा-पापा की सयानी आँखों से भी बड़ी और कड़ी निगाह से देखा और सिर हिला दिया—

"नहीं !"

स्कूल के बाद रत्ती फाटक की ओर बढ़ती थी कि श्यामली ने पीछे से आवाज़ दी—

"रत्ती, प्लीज, ज़रा रुक जाओ...मुझे तुमसे कुछ कहना है।"

रत्ती के माथे पर विस्मय और झुँझलाहट एकसाथ उभर आए—

"क्या काम है मुझसे ?"

श्यामली ने अपना बैग खोला और एक झीना रूमाल रत्ती के हाथ में थमा दिया—

"मैं यह तुम्हारे लिए लाई हूँ।"

रत्ती ने हाथ से छुआ और वापस लौटा दिया—

"न, यह तुम्हीं रखो श्यामली।"

"नहीं लोगी ? क्या पसन्द नहीं ?"

"अच्छा तो है, पर अपनी किसी सहेली को दो।"

श्यामली ने निहोरा किया—

"रत्ती, मैं तुम्हारी सहेली बनना चाहती हूँ।"

रत्ती ने रुखाई से सिर हिला दिया—

"न, मेरी कोई सहेली नहीं।"

खीज से श्यामली रत्ती को घूरने लगी तो रत्ती ने घुड़क दिया—

"कह दिया न, मुझे नहीं चाहिए। रूमाल अपने बैग में रख लो..."

"रत्ती, ले लो न !"

"मैंने तुम्हें कभी कुछ दिया नहीं तो तुमसे लूँगी क्यों ?"

श्यामली की आँखें भर आईं—

"मत लो, न लो..."

फिर रत्ती से बदला लेने को कहा—

"लड़कियाँ ठीक कहती हैं...तुम गन्दी लड़की हो।"

रत्ती ने पाँव की ठोकर से श्यामली का बैग दूर फेंक दिया—

"हूँ, तो क्यों सहेली बनाने आई हो ? क्यों रूमाल देने आई हो ?"

श्यामली ने इस बार ऐसी हिकारत से देखा कि मुँह पर थूकती हो—

"मैं तो तुम्हें चिढ़ाने आई थी...बस !"

रत्ती चुपचाप खड़ी जंगली-सी आँखों से श्यामली को तकती रही।

श्यामली ने जाने क्या सोच मुँह चिढ़ा दिया—

"इस बार की शिकायत पर स्कूल से निकाल दी जाओगी।"

रत्ती ने कदम उठाया। तब जाने क्या हुआ कि तड़ातड़ हाथ से श्यामली के चपत जड़ दिए।

फिर इत्मीनान से बैग उठाया और फाटक की ओर बढ़ गई।

श्यामली की सिसकियों की आवाज ऊँची हुई तो पलटकर पीछे देखा—

किताबें समेटती श्यामली के गालों पर आँसू बहते थे।

रत्ती लौटकर पास जा खड़ी हुई और नरमी से कहा—

"सच कहो श्यामली...मुझे रूमाल क्यों देना चाहती हो ?"

भर्राए कंठ से कहा—

"तुम मुझे अच्छी लगती हो...इसी से !"

फिर रुककर कहा—

"पर अब मैं तुम्हारे साथ कभी नहीं बोलूँगी।"

रत्ती हँसने लगी—

"हाँ-हाँ...कभी मत बोलना...कभी भी नहीं..."

श्यामली ने सहसा नफ़रत से रत्ती की ओर देखा—

"लड़कियों को पीटती हो और लड़कों से चॉकलेट खाती हो। उनके सामने अपना फ्राक उठाती हो।"

हँसते-हँसते रत्ती ऐसे रुकी कि राह में अटक गई हो।

छाती पर झाड़ियाँ उग आईं। साँस रोके कहा—

"एक बार फिर से तो कहकर देखो !"

श्यामली इस भभकी से डरी नहीं—

"कहूँगी...हज़ार बार कहूँगी। तुम बुरी लड़की हो। तुम्हारी चड्ढी में खून लगा रहता है।"

रत्ती मानो सुन न रही हो...देख रही हो। देखते-देखते दोनों हाथ श्यामली के कंधे पर जा जमे।

"छोड़ दो रत्ती...छोड़ो मुझे..."

रत्ती के हाथ कुछ ऐसे हिले कि झटके से श्यामली औंधे मुँह जा गिरी।

रत्ती ने देखा नहीं। गला फाड़-फाड़ रोती श्यामली की आवाज तक नहीं सुनी।

फाटक की ओर बढ़ती चली कि फ्राक के नीचे उमड़-घुमड़ कुछ आँखों में घिर आया।

डिम्पी...अज्जू...पिक्कू...श्यामली...सब के सब।

जी कड़ा कर रत्ती ने आँसुओं को गले से नीचे उतार लिया और अपने को समझाकर कहा—

चुप ! एक-एक को पकड़कर पीट देना।

हाथ में किताब लिए रत्ती लड़कियों की भीड़ से अलग जा बैठी।

हवा में तैरता कोलाहल। आवाज़ें। लड़कों की। लड़कियों की। हँसी के गुँथे-गुँथे स्वर।

दो-एक बार आँखें उठाकर देखा, कहीं भी कोई एक दोस्ती का निमन्त्रण हो, लेकिन वही पुरानी दीवार उपेक्षा की। दुश्मनी की।

आँखें फिर किताब पर झुका लीं।

कहीं से ऊँची-तीती खिलखिलाहट में उसका नाम लपककर कानों से आ टकराया—

"बैठी रहने दो। वह तो अकेले ही बैठेगी।"

"क्यों...क्या उसे हम पसन्द नहीं ?"

"न, उसे लड़कियों से ज्यादा लड़के भाते हैं।"

इस बीच निशाना बना किसी ने रोड़ा-सा फेंक दिया—

"उसे जो चाहिए...वह लड़कियाँ कहाँ से देंगी !"

"हिश् !"

तड़पकर रत्ती ने किताब बन्द कर दी। गर्दन पर होती सरसराहट से जान लिया कि वही पुराना प्रसंग है।

रत्ती ने शोख लड़कियों की भीड़ को निर्दयी निगाह से देखा और देर तक देखती रही। फिर गुस्से और झुँझलाहट से किताब के पन्ने पलटने लगी।

"हमारी कोठी के सामनेवालों का बड़ा लड़का है न..."

तारा की दराँती-सी ज़बान ने रत्ती की किताब के जैसे टुकड़े-टुकड़े कर दिए हों—

"उसने एक शाम रत्ती को गिरजाघर के पीछे देखा था..."

अगला राज़ जान लेने के लिए श्यामली तारा के

कंधों पर झूल गई कि और चार लड़कियाँ पास जा जुटीं।

पाँच सिरों से बने काले कमल पर उसी पुराने नाग का फन लहराता था।

रत्ती ने हाथ की किताब नीचे पटक दी। उठी। उपहास में खिलखिलाते झुंड को देखा कि पाँव के तलवों में आग धुखने लगी।

तेज़-तेज़ कदम उठाए और लड़कियों की टोली के पास जा खड़ी हुई।

नज़रों से चिढ़ाती-खिजाती लड़कियाँ पहले एकदम गुमसुम हो गईं फिर सिगनल देती श्यामली की खट्टी हँसी हवा में गूँजी और रत्ती की गर्दन से लिपट गई।

घुप्प अँधेरे में रत्ती ने आप ही कोई रास्ता टटोला हो।

दबी-सी रूखी आवाज़ में कहा—

"मैं तो तुम लोगों से कभी कुछ कहती नहीं..."

किन्हीं नामहीन आँखों ने झपाटा मार दिया—

"कुछ कहने की हिम्मत भी है ! और लड़कियाँ तुम्हारी तरह बेशर्म नहीं..."

रत्ती के हाथ मचलने लगे कि सिरों पर से बाल नोचकर पेड़ों के तनों पर पटक दें...

तोषी का भाई त्रिलोकी और पाशी हँसते हुए पास आ खड़े हुए।

पाशी ने चिढ़ाकर कहा—

"कुछ खाओगी...खिलाऊँ...?"

और अपनी निकर टटोलने लगा।

रत्ती की छाती में जमा कोई परनाला पिघलकर बाँहों की ओर बह आया और लोहा हो गया।

पाँव उठाया और पाशी को गले से पकड़ ज़मीन पर

दे मारा। बार-बार पटकती गई कि पाशी न हो, कोई पत्थर हो। नफरत हो। नफरत।

पाशी के सिर से खून टपकने लगा कि त्रिलोकी ने ज़ोर लगा रत्ती को अलग किया।

रत्ती ने ज़ालिम आँखों से भीड़ को देखा और ठंडे गले से कहा—

"फिर कभी ऐसा हुआ तो फाड़ डालूँगी..."

रत्ती हिली नहीं। खूँख्वार-सी देखती रही और खड़ी रही।

पाशी के मुँह पर छींटे दिए गए। गीले कपड़े से खून पोंछा गया। आँखें खोलीं। सामने रत्ती को देखा तो सहमकर आँखें मीच लीं।

रत्ती ने आवाज़ दी—

"पाशी !"

आवाज़ सख्त मगर दुश्मनी से बरी थी।

पाशी की आँखों से आँसू बहते थे दर्द के मारे।

रत्ती ने झुककर माथा छुआ—

"तुम्हें तो आज पिटना ही था।"

फिर आसपास जुटे लड़के-लड़कियों के रंग-बिरंगे धब्बों को पोंछकर कहा—

"किसी से कुछ कहती नहीं हूँ पर याद रखना, अब छेड़छाड़ की तो छोड़ूँगी नहीं। समझे ?"

रत्ती ने खुली आँखों से सबकी ओर देखा। कदम उठाया, फिर जाने क्या सोच घड़ी-भर को रुकी, जैसे बदला लेने का मौक़ा देती हो, फिर धीमी चाल से जाकू की उतराई उतरने लगी।

मन में अहसान था अपने को बचा सकने की सामर्थ्य का।

घर की ओर मुड़ने से पहले खान अंकल के घर की ओर देखा तो फाटक पर असद भाई दीख पड़े।

रत्ती दौड़कर फाटक के पास जा खड़ी हुई।

"असद भाई, आज ऊपर नहीं गए क्या ? मैं तो आपको माल पर ढूँढ़ती रही।"

"कहाँ से चली आ रही हो ?"

आवाज़ में रौब और लाड़ दोनों ही थे।

रत्ती हँस दी–

"मैं तो जाकू से उतरी हूँ पर आप कैसे खड़े हैं यहाँ ?"

असद ने फाटक खोला और हाथ से घेर रत्ती को अन्दर कर लिया।

"असद भाई, आज पाशी को बहुत पीट दिया। जानते हैं न पाशी को ! डाकखानेवाले घर में जो रहता है !"

असद ने ओठों पर अँगुली रखी–

"रत्ती, बातें बन्द..."

"पहले तुम कुछ खाओगी ?"

आपा ने नमकीन और फलों से तश्तरी भर दी।

रत्ती की आँखें चमकने लगीं–

"इतना...!"

"ऊपर कुछ खाया था क्या ?"

"न ! खाने का मौक़ा कहाँ मिला ! पहले ही झगड़ा हो गया। आज पाशी को इतना मारा कि सिर से खून टपकने लगा।"

आपा असद भाई की ओर देखने लगी और असद रत्ती की ओर–

"अकेले कैसे पीट सकती थीं तुम ! फिर पहल तो

उसी ने की होगी।"

"नहीं असद भाई, मैंने ही पहले पाशी को झिंझोड़ा।"

"और दूसरे लड़के-लड़कियाँ क्या खड़े-खड़े तकते रहे ?"

"तकते रहे असद भाई...सभी जानते हैं, मैं जब मारने पर आती हूँ तो बहुत ज़ोर से मारती हूँ।"

असद ने पीठ थपथपा दी। फिर गम्भीर होकर कहा—

"कहा मानोगी न ?"

"माननेवाली बात होगी तभी तो असद भाई !"

आपा हँसने लगीं।

"देखो रत्ती...पाशी को ज्यादा चोट लगी है..."

रत्ती को अचरज हुआ—

"आपने कैसे जान लिया असद भाई !"

"तुम्हारी मामा पाशी के घर होकर लौटी हैं। पूछने पर यह तो कहोगी, पहल उसने की थी !"

रत्ती ने इनकार में सिर हिला दिया—

"मैं क्यों झूठ बोलूँगी ? मुझे तो आज किसी एक को मारना ही था। मिलकर हमेशा छेड़ा करते हैं।"

अचानक रत्ती का गला भर्रा आया, आँखों में मोती चमकने लगे।

रुलाई को रोकने की कोशिश की, फिर रोते-रोते हाथों में मुँह छिपा लिया।

असद ने हाथ उठा दिए। डबडबाई आँखों में देखा और झिड़क दिया—

"बस !"

"जाने क्या-क्या कहा करते हैं ! रत्ती बुरी है। इसे

लड़के पसन्द हैं। इसे गिरजाघर के पीछे देखा था। मैं तो किसी से कुछ कहती नहीं हूँ असद भाई...पुरानी बात है, फिर भी...!"

"इधर देखो रत्ती ! ऐसे। अब हमारी बात सुनो–

"रत्ती हमेशा याद रखेगी, वह एक अच्छी लड़की है। प्यारी और बहादुर।"

हँसती रुलाई में रत्ती ने पहले आपा की ओर देखा, फिर असद भाई की ओर, और आँखें पोंछ लीं।

असद ने सुनहरे बालों पर थपकी दी और बड़प्पन से कहा–

"अब यह लड़की घर जाएगी। मामा के पूछने पर सही बात कहेगी और..."

असद भाई की आँखों में कुछ ऐसा था जिसे रत्ती समझी नहीं।

"और किसी से जिरह नहीं करेगी।"

रत्ती ने आपा की ओर देखा–

"असद भाई से डाँट तो मैं खा चुकी...अब मेरी चॉकलेट !"

असद भाई की निगाह अब भी अपने चेहरे पर अड़ी देखी तो शरारत से कहा–

"अब क्या यह कहने जा रहे हैं असद भाई कि चॉकलेट छोटी लड़कियों को दी जाती है और रत्ती तो बड़ी हो चुकी !"

असद ने रत्ती के बाल लहरा देने को हाथ बढ़ाया कि हौले से छूकर बीच में ही छोड़ दिया।

क्षण-भर को दो जोड़ी आँखें एक-दूसरे में अटकी रहीं कि आपा ने हँसकर दोनों को बरामदे में लौटा लिया।

उस रात रत्ती सोई तो अँधियारे में एक लौ-सी

टिमटिमाने लगी। सिरहाने पर, बालों में, आँखों में और दोनों ओर के छोटे-छोटे दो उरोजों पर।

रत्ती हमेशा याद रखेगी--वह एक अच्छी लड़की है। प्यारी और बहादुर...।

कैरम की गोटियाँ डालते-डालते रत्ती ठिठक गई।

असद को एकटक अपनी ओर देखते पाया तो झुँझलाकर कहा–

"क्या देख रहे हैं असद भाई ?"

असद हँस दिए–

"अब पहले जैसे बाल नहीं बनाती !"

रत्ती हँसी नहीं। तेवर चढ़ाकर कहा–

"ऐसे क्या अच्छे नहीं लगते ?"

"लगते हैं पर पहलेवाले कहीं ज्यादा..."

रत्ती ने पूरा बोर्ड हाथ से समेट दिया और उठ खड़ी हुई।

"क्यों, खेलोगी नहीं ?"

"न !"

"ऊपर चलती हो आपा के पास..."

"हम लोग लड़े तो नहीं असद भाई...क्या आपा से मेरी शिकायत करना चाहते हैं ?"

असद खुलकर हँसने लगे।

"इतनी-सी हुआ करती थी...अब बाकायदा काटने लगी है।"

रत्ती खिलखिला दी।

"आप कभी नहीं भूलेंगे असद भाई कि मैं पहले छोटी थी...और छोटी...और भी।"

"हर छुट्टी में आता हूँ तो कुछ-न-कुछ बदला होता है—

"कभी बाल बाँधने लगती हो। कभी फ्रॉक की जगह कमीज पहनने लगती हो...और कभी आता हूँ तो गले में ओढ़नी होती है।"

"और आप तो वैसे-के-वैसे ही हैं न! यह तो बताइए...पढ़ाई के कितने साल बाकी हैं?"

रत्ती की आँखों की गरमाहट असद के माथे को छूने लगी।

असद पहले चुप बने रहे, फिर ऐसे बोले, जैसे कोई राज़ की बात कहते हों—

"सिर्फ़ एक साल। फिर नौकरी...फिर..."

"कहते जाइए असद भाई, मैं सुन रही हूँ।"

"रत्ती!"

असद कुछ कहते-कहते रुक गए कि कोई मुश्किल सामने आ खड़ी हुई हो। फिर ऐसे कि रत्ती को देखते-देखते अबूर भी कर ली हों।

"एक दिन तुम्हारे मामा-पापा की इजाज़त से...मगर नहीं रत्ती...उन्हें ज़रूर एतराज होगा।"

रत्ती शोख़ी से असद के चेहरे पर टिकी रही—

"लॉली-पॉप माँगने की तरह क्या इस बात की भी इजाज़त माँगने जाइएगा असद भाई?"

रत्ती का गर्वीला मुखड़ा हज़ार बार खूबसूरत लगा असद को।

सिर हिलाकर कहा—

"आपा ठीक कहती हैं, रत्ती सिर्फ लड़की ही नहीं..."

रत्ती के माथे पर तेवर उभर आए—

"तो और क्या है ?"

"कोई मैटल रत्ती !"

रत्ती नटखट-सी देखने लगी।

"आप और आपा कभी-कभी अच्छी कह लेते हैं।"

असद बिल्कुल पास आ खड़े हुए। आदाब बजा लाने के अन्दाज़ में कहा—

"क्या बात है मलिका की !"

रत्ती ओठों की मोहिनी से देखती रही, फिर असद का हाथ छू लिया—

"जानते हैं असद भाई, कभी नए कपड़े पहनने से कैसा लगता है ?"

असद ने सुना नहीं। देखा भर। और पास आ चूम लिया।

रत्ती मग्न-सी हँस दी और असद की ओर बाँहें फैला दीं—

"असद भाई, बिल्कुल वैसा ही...नए लिबास जैसा !"

कालका से ऊपर चढ़ती छोटी रेल की खिड़की में मुँह टिकाए रत्ती !

आँखों में छोटे-बड़े स्टेशन, पहाड़ों के सिलसिले, घुमावदार आड़े-तिरछे पुल। नीले आसमान पर चमचमाते चिट्टे दूध बादलों के टुकड़े। सामने हरियाली के विस्तार पर चहकते बुरुस के लाल शोख़ पेड़।

पहले जतोग। समरहिल की लम्बी सुरंग, फिर शिमला। स्टेशन। घर की ऊँची चढ़ाई। मोड़ पर असद भाई का घर। फाटक खोलकर...

हिश्, अभी तो देर है। कई घंटे बाकी हैं। अन्दर

जाऊँगी। आपा मिलेंगी। खान अंकल और...और असद भाई। चाय खान अंकल के यहाँ। हर सीज़न वहीं लेते हैं।

रत्ती को पहुँचने की उतावली हो आई।

हाथ-मुँह पोंछे। बालों में कंघी घुमाई। बाल गूँथे और लाड़ से रिबन का फूल चुटीले में खोंस लिया।

जब भी आता हूँ...कुछ-न-कुछ बदला होता है। और इस बार...

रत्ती को आप-ही-आप मुस्कराते देख मामा ने पूछा—

"किस बात पर हँस रही हो...कुछ याद आ गया क्या ?"

रत्ती ने खिड़की से बाहर झाँका और हँसकर कहा—

"मामा, अब शिमला पहुँचे ही समझो।"

रत्ती असबाब के पहले पूर के साथ है। वह सबसे पहले घर पहुँचेगी।

मोड़ पर देखा—

खान अंकल का घर। आँखें जुड़ा गईं।

चाव-चाव फाटक खोला। बरामदे में पहुँची। अन्दर से कोई आवाज़ नहीं। काँच पर खटखटाया। कोई जवाब नहीं।

ठिठककर देखा—दरवाज़े पर ताला लटकता था।

पिछवाड़े जा आवाज़ दी—

"गफूर मियाँ !"

घड़ी-भर बाद खानसामा का चेहरा दीखा—

"सलाम साहिब !"

"सलाम बड़े मियाँ, कहाँ हैं सब लोग...कहीं गए हैं क्या ?"

"हुजूर, क्या बताएँ..."

गफूर मियाँ ने गला खँखारा—

"आपको इत्तला तो न गई होगी..."

"जल्दी कह दो बड़े मियाँ !"

गफूर मियाँ की आवाज़ भर्रा गई...

"बीस-एक दिन बीमार पड़े रहे...फिर सीधा तार ही आ गया..."

साँस रोके रत्ती ने बहुत धीमे से पूछा—

"किसकी बात कर रहे हो !"

गफूर मियाँ की आँखें टपकने लगीं—

"कैसे नाम लें हुजूर...छोटे साहिब का...यह उम्र और अल्लाह को प्यारे हो गए।"

रत्ती कुछ बोली नहीं। फीकी नज़र से बन्द दरवाज़े की ओर देखा, फिर गफूर मियाँ की गीली आँखों की ओर...और हौले से कहा—

"फाटक लगा लो गफूर मियाँ..."

और पीठ मोड़ ली।

छः महीने बाद फिर नीचे उतरने के दिन आ गए। तारीखें निकलीं। सामान बँधे और गिनते-गिनते चलने को एक दिन रह गया।

खान अंकल के घर की ओर निगाह भरी। लाल छत अकेली और उदास। आपा कभी बाहर नहीं बैठतीं—खान अंकल किसी से बात नहीं करते।

बरामदे में खड़े-खड़े रत्ती ने तारादेवी के पहाड़ के पीछे सुनहरी बादलों का जमघट देखा तो दिल में जाने कहाँ से ज़ोर का अंधड़ उठ आया।

शॉल ओढ़ नीचे उतरी और माँ से कहा—

"आपा से मिलने जा रही हूँ।"

माँ ने अचरज से देखा—

"इस वक्त ! खाने तक तो लौट आओगी न, इन्तज़ार करें !"

रत्ती ने सिर हिलाया—

"नहीं। मैं वहीं खा लूँगी !"

माँ ने आँखें मिलाईं—

"वहाँ क्यों ? इन दिनों वहाँ खाना अच्छा नहीं लगता !"

रत्ती ने ऐसे देखा जैसे मामा की आवाज़ को कुचल देना हो—

"सब अच्छा लगता है।"

एक पल को ठिठकी, फिर घर से बाहर हो गई।

मोड़ तक पहुँचते-पहुँचते एक बार और बचपन मर गया।

काफी देर फाटक पर हाथ दिए खड़ी रही।

माली ने देखा तो पास आ कहा—

"आओ बेटी, चली आओ। साहिब घर में ही हैं।"

बरामदे में से अन्दर झाँका—

वही घर है।

दबे-पाँव अंकल के कमरे के सामने जा खड़ी हुई।

पाँव ठिठक गए—नहीं।

परदा उठा अन्दर झाँका—

खान अंकल पलंग पर लेटे हैं। हाथ में अख़बार है, मगर नज़र छत पर। देखा तक नहीं, कौन पास खड़ा है। कौन कमरे में आया है।

बिल्कुल आहिस्ता से पुकारा—

"अंकल !"

"आओ बेटी..."

रत्ती दहलीज़ पर से हिली नहीं। उदास कमरे के बाहर किसी ने पाँव जकड़ दिए हों जैसे।

खान अंकल ने दुलार से बुलाया—

"आओ बेटी...आओ, बैठो !"

"अंकल, हमें दिल्ली खत क्यों नहीं लिख दिया आपने ! मैं जान तो जाती—इस बार असद भाई शिमला में न होंगे..."

खान अंकल रत्ती को देखते-देखते अपने बेटे को निहारने लगे।

कंधे पर हाथ रख कुर्सी पर बिठाया और रुँधे गले से कहा—

"बेटी, जो छोड़कर चला जाए, उसे बार-बार याद करके तकलीफ होती है।"

रत्ती की गुमसुम आँखें खान अंकल के चेहरे पर टिकी रहीं। पलकें न झुकीं, न झपकीं।

खान अंकल के चेहरे पर असद भाई की शक्ल उभर आई तो रोते-रोते रत्ती उनके पास झुक आई—

"मैं तो असद भाई को याद नहीं करती। वही हर वक्त पास खड़े रहते हैं। बिल्कुल वैसे ही.."

अंकल रत्ती का सिर थपथपाने लगे, फिर समझाकर कहा—

"जिन्हें कभी लौटना न हो बेटी, उन्हें याद कर-कर बुलाते रहने से उनकी रूह को तकलीफ होती है।"

रत्ती पूरी शाम रोती रही। रोती गई। झील का तल फट गया हो जैसे।

अगले दिन स्टेशन के लिए उतरे तो मामा-पापा मोड़ पर रुके—

"खान साहिब से मिलते चलें...तुम भी आओ रत्ती...

"मैं तो कल मिल ली थी ममा..."

और जल्दी नीचे उतर गई।

जगतधर ने कपाट खोले—

"रत्ती ! इस वक्त !"

रत्ती ने जगतधर की झुँझलाहट को देखा ही नहीं और सरसकर कहा—

"पढ़ने बैठी तो तुम और तुम्हारा यह कमरा आँखों में मँडराने लगे। चली आई।"

जगतधर ने अनमनी निगाह दरवाज़े पर दी और गम्भीर होकर कहा—

"रत्ती, तुम्हारे आने की बात तो नहीं थी आज..."

रत्ती ने आँखों से तरेरा और हँसकर कहा—

"ऐसे कह रहे हो कि तुम्हारी कीमती वस्तु चुराने आन पहुँची हूँ। क्या सच में इतने व्यस्त हो ?"

जगतधर ने मानो सुना न हो—

"कुछ देर तो रुकोगी न !"

रत्ती छेड़ने लगी—

"क्यों नहीं !"

जगतधर ने कोट पहना और कमरे से बाहर जाते हुए कहा—

"मुझे तो मीता से मिलना था, पर अब जाकर टाल दूँगा।"

रत्ती ने दिलचस्पी से देखा—

"मीता को यहीं क्यों नहीं लिवा लाते ?"

"और तुम !"

"मैं तुम दोनों के लिए कॉफ़ी तैयार किए देती हूँ।"

जगतधर कुछ कहना चाहते रहे, कह नहीं पाए और बाहर हो गए।

रत्ती ने पानी चढ़ा प्याले लगाए और कमरे में लौट आई।

इधर-उधर बिखरी किताबें, खूँटी पर के कपड़े और कुर्सी पर पड़ा जगतधर का पुलओवर।

लगा, अपने-आपमें कमरा कुछ नहीं। जगतधर हो तो उसका कमरा है। वह नहीं तो यह सिर्फ कमरा है। किसी का भी।

मीता और जगत दोनों कमरे में आ खड़े हुए तो कमरा जैसे सज गया।

रत्ती ने नटखट निगाह दी—

"इतनी जल्दी !"

मीता ने रुखाई से पूछा—

"तुम कब आईं रत्ती !"

"कुछ ही देर पहले। बैठो न !"

मीता ने जगतधर से जवाब तलब किया—

"तुमने कहा तो नहीं कि रत्ती यहाँ है !"

जगत चुप रहे।

"तुम्हें कहना चाहिए था।"

रत्ती ने अनोखी हँसी से चिढ़ाया—

"पहुँची ही थी कि जगतधर तुम्हें लेने चल दिए।"

मीता के चेहरे पर एकसाथ गुस्सा और ग़रूर !

रत्ती को कॉफ़ी लाते देखकर पूछा—

"क्या अक्सर आती रहती हो यहाँ ?"

सहज कंठ रत्ती ने कहा—

"आती ही रहती हूँ मीता !"

मीता ने अपना खोल उतार फेंका—

"तुम दोनों की शाम में..."

जगतधर ने बीच में टोक दिया—

"तुम क्या बैठोगी नहीं ?"

मीता ने ढिठाई से बोल फेंक दिए—

"तुम दोनों की शाम में टपक पड़नेवाली मैं कौन हूँ !"

रत्ती ने शरारत से जगतधर की ओर देखा कि मीता गुस्से में कमरे से बाहर हो गई।

जगतधर ने ज़ोर से किवाड़ भिड़ाए और लौटकर पास आ खड़े हुए।

रत्ती जगतधर के चेहरे पर ठिठकी रही—

"एक-दूसरे को लाड़ जताने के लिए यह ज़रूरी है क्या ?"

"कब से चाहता हूँ...यह ख़त्म हो।"

रत्ती उठ खड़ी हुई—

"मुझे दुःख है जगतधर, बिना कहे चली आई..."

"नहीं...नहीं...रत्ती..."

विस्मय से रत्ती ने पाया कि जगतधर पास झुके हैं—

"रुक जाओ रतिका, तुम मत जाओ।"

जगतधर का ऐसा कंठ सुन रत्ती ने मन-ही-मन पूरी शाम टटोल डाली और हल्केपन से कहा—

"इसलिए उदास हो रहे हो कि मीतू को जाने दिया।"

"नहीं रत्ती ! वह दूर नहीं जाएगी और लौट यहीं

आएगी।"

"अगर ऐसा है जगतधर तो मीतू को शिकायत करने का हक है।"

"रत्ती...!"

ठिठककर देखा, जगतधर की आँखों में जैसे कमरा जलने लगा हो...

रत्ती को घेर लिया—

"मीता है, पर मैं तुम्हें चाहता हूँ...तुम्हें रत्ती !"

रत्ती ने अपने को अलग कर लिया—

"जगतधर, हम दोनों अच्छे दोस्त हैं, पर तुम और मीता ही एक-दूसरे को प्यार करते हो।"

जगतधर आवेश में थे—

"और तुम ! तुम क्या रोहित से ?"

"नहीं। रोहित और रंजन भी तुम्हारी ही तरह दोस्त हैं जगतधर..."

फिर नरम हो कहा—

"अब गुस्सा मत करो। आज शाम के लिए तुम्हारी मीतू से मैं माफी माँग लूँगी।"

मेडिकल कॉलेज के सामने रंजन अलग हुए तो रोहित ने झुँझलाकर कहा—

"पता नहीं इसकी बातचीत तुम कैसे बर्दाश्त करती हो !"

रत्ती ने कोई जवाब नहीं दिया।

"बात करने का ढंग नहीं। पहनने का सलीका नहीं। एक बार साथ चिपक जाए तो छोड़ने में नहीं आता।"

रत्ती ने ठंडे गले से कहा—

"यह बात तो तुम्हें रंजन से कहनी चाहिए थी। पूरी शाम हम लोग साथ ही तो थे।"

रोहित ने झल्लाकर रत्ती से जवाब तलब किया—

"तुम हमेशा उसकी तरफदारी किया करती हो... भला क्यों ?"

"जो मौजूद नहीं, उसकी बात करने में क्या तुक !"

रोहित ने उत्तेजित हो शाम की खीज निकाली—

"मालूम है, इसके बारे में लड़के क्या-क्या कहते हैं ?"

"जो भी कहते हों...मुझे नहीं जानना।"

"तुम क्यों जानना चाहोगी ! ज़लील तो मुझे होना पड़ता है।"

रत्ती ने घुड़क दिया—

"देखो रोहित, तुम मुझे अब खिजाने लगे हो। रंजन के बारे में बात बन्द कर दो।"

"मैं जो कह रहा हूँ...ज़रूर कहूँगा। तुम्हें मालूम होना चाहिए कि तुम दोनों के बारे में लड़के-लड़कियाँ क्या कहते हैं।"

रत्ती चुप बनी रही और राह को पाँव से रौंदती रही।

"हैरानी है, तुम इन छोटी-छोटी बातों को समझती क्यों नहीं ? रंजन के साथ बोटिंग पर जाना...और देर गए लौटना। याद है, वह और ओमी तुम्हें जिस दिन खाने पर ले गए थे...मेरे कुछ दोस्त भी वहाँ मौजूद थे।"

रत्ती की चुहल लौट आई।

"उन्होंने यह भी ज़रूर बताया होगा कि हमने क्या-क्या ऑर्डर किया, किसने कितने मुर्गे खाए..."

"देखो रत्ती, मज़ाक में उड़ा देने की बात नहीं।

जानती हो, उस रात तुम कितने बजे होस्टल पहुँची थीं ?"

"लौटने पर मैं वक्त देखने की ज़हमत नहीं उठाती।"

फिर हँसकर कहा—

"यह तो बताओ, तुमने इस 'बीट' पर किसको तैनात किया था ?"

"जो चाहो कहो। तुम्हारी और अपनी दोस्ती की खातिर ही तुम्हें आगाह कर रहा हूँ।"

लैम्प-पोस्ट की रोशनी में रत्ती ने रोहित को जैसे आँखों से दबोच लिया—

"तुम्हारी शाम बरबाद न हो इसलिए अब तक सुनती रही। तुम मेरे गार्जियन नहीं हो। हम एक-दूसरे को नापसन्द नहीं करते...बस, इतना ही हक़ हमारा एक-दूसरे पर है !"

अपमान से रोहित के नथुने फड़कने लगे—

"आज तुम्हारा मिज़ाज ठीक नहीं...किसी और दिन सुलझूँगा तुमसे।"

रत्ती ने डपट दिया—

"तुम किसी भी दिन आज की सी बातें नहीं करोगे। मुझे किसके साथ कहाँ जाना चाहिए, यह मेरे सोचने की बात है, किसी और की नहीं।"

रोहित इस विराम पर एकाएक कुछ नहीं कह सके।

खिसियानी-सी हँसी हँस दिए—

"जानती हो, इस अन्दाज को अपने यहाँ क्या कहा जाता है...?"

"तेवर की तुर्प !"

टक...टक...

दरवाज़ा खुला।

"तुम !"

रत्ती ने हाथ से कपड़े समेटे—

"बैठो रोहित ! तुम तो आज सुबह घर जानेवाले थे न !"

"जाने से पहले मुझे यहाँ आना ही था रत्ती। तुम्हें बताया था न, पापा मेरे पीछे पड़े हैं..."

रत्ती ने रोहित की आँखों में कोई चुभता-सा अक्स देखा हो !

रोहित ने बैठते-बैठते आँखों से रत्ती को सत्कारा—

"मैं जो कहने जा रहा हूँ...तुम वह जानती हो रत्ती !"

रत्ती ने तनाव को जैसे 'फ्रीज़' कर दिया हो—

"मैं कुछ नहीं जानती।"

"तुम जानती हो, वही जो मैं जानता हूँ। लगातार तुम्हारी आँखों में देखता रहा हूँ।"

रोहित ने आगे बढ़ रत्ती को छू लिया, फिर घुटते-से गले से कहा—

"एक बार 'हाँ' तो कहो रत्ती ! मैं तुम्हें चाहता हूँ, पाना चाहता हूँ।"

रत्ती खाली-खाली आँखों से देखती रही। रोहित का कोई एक स्पर्श, छुअन, कुछ भी याद नहीं आया। सहसा ओठों पर मुस्कराहट के साथ कोई पुरानी झाड़ी उग आई। निर्दयता से हँसकर कहा—

"सिर्फ अपने चाहने से दूसरे को पा नहीं लिया जाता।"

"रत्ती ! तुम्हें इतना घमंड !"

रोहित की आँखों में एक आदिम दर्द झनझनाया। नफ़रत से सामना करती नफ़रत।

तब अचानक कोई बाँध टूटा हो...

सख़्ती से रत्ती को बाँहों में जकड़ लिया—

"तुम्हें चाहता हूँ...तुम्हें ही पाऊँगा।"

"छोड़ो..."

रोहित ने अचकचाकर देखा, उसने रत्ती को सचमुच छोड़ दिया है।

"चाहूँगी नहीं और तुम ज़बर्दस्ती..."

रोहित की परेशानी पर सिर धुनती अग्नि देख सूखे गले से कहा—

"पाने के लिए दोनों को एक-दूसरे को चाहना होता है रोहित !"

रोहित ने एक कदम भरा। रत्ती की आँखों में जाने ऐसा क्या देखा कि दिल से निकाल अपनी चाह को फर्श पर फेंक दिया—

"कौन चाहेगा तुम्हें ? तुम एक ठंडी और मनहूस लड़की !"

रत्ती ने सहमकर आँखें मींच लीं, फिर हौले से पूछा—

"जो कह रहे हो, क्या सिर्फ़ चोट करने के लिए ?"

"नहीं। सुनना पसन्द करोगी...कि तुम्हारे बारे में रंजन और ओमी क्या कहते हैं...यह कि पहने हुए कपड़ों के सिवाय तुम्हारे पास कोई गरमाहट नहीं।"

रत्ती सुनकर दहल गई हो। खड़ी-खड़ी अपने को ही तकती गई कि सचमुच में पत्थर हो। फिर अचानक चीखकर कहा—

"जाओ...तुम चले जाओ।"

"कभी याद करती हो ?"

रत्ती ने रोहित का चेहरा टटोला और हँसकर कहा—

"कई बार।"

रोहित ने सिगरेट जलाया—

"हमारी पिछली मुलाकात खुशगवार नहीं थी रत्ती, पर दिल से तुम्हारा शुक्रगुज़ार हूँ। तुम वह नहीं कहतीं जो तुमने उस दिन कहा तो मैं एक खूबसूरत ख्वाब से महरूम रह जाता।"

रत्ती के ओठों पर उपहास की एक पतली-सी लीक ठिठकी रही।

देखकर रोहित ने मानो अपना बिछौना आँखों से उतार लिया। सिगरेट का धुआँ गुस्ताखी से फैलाकर कहा—

"लेकिन रत्ती, इतना कह दें, इतने अहंकार को पछताना पड़ता है।"

रत्ती की नज़र बेझिझक रोहित के चेहरे पर टिकी रही—

"ख़याल था, तुम्हारी राजी तुम्हें अच्छा वक्त दे रही है। क्या ऐसा नहीं है ?"

रोहित ने हँसने में उड़ा देना चाहा—

"आज का मिलना तो उन पुराने दिनों की खातिर है जब वह खाकसार आप पर फिदा था।"

रत्ती हँसने लगी—

"शुक्रिया। पुरानी बातें छोड़िए और अपनी राजी की तारीफ में कुछ कहिए..."

"राजी मेरे करीब एक नशा है नशा, रत्ती !"

रोहित ने सिगरेट की चिनगारी जैसे निगाह में सोख ली।

रत्ती ने पलकें उठाईं। पाया, रोहित के माथे पर वही उस दिन वाली दुश्मनी घिर आई है।

लम्बा घूँट ले प्याला मेज़ पर रखा। वेटर को बिल के लिए संकेत दिया, आँखों में अटपटी अदा भरकर कहा–

"जो नशा इतने करीब हो कि हरदम चाहने पर पाया जा सके, वह सरूर नहीं, आदत है रोहित !"

रोहित ने बौखलाकर बिल देना चाहा कि रत्ती ने हाथ से रोक दिया–

"तुम्हारी खुशी में इतनी-सी मेरी भी।"

रोहित ऐसे देखने लगे जैसे ठंडी चट्टान को देखते हों। फिर ढिठाई से रत्ती की ओर झुक पूछा–

"रंजन को कब बाहर करनेवाली हो ? इस टर्म तो चला जाएगा कि नहीं ?"

रत्ती की आँखों में कोई सौंधी-सी चमक लौट आई–

"बड़ी पुरानी बात कर रहे हो रोहित !"

रंजन की सालगिरह पर ओमी ने बोटिंग के लिए दावत दी तो रत्ती ने इनकार नहीं किया।

ओमी एक पल को खिंची-खिंची चुहल से देखते रहे। फिर कहा–

"अपने साथ किसी को लाना चाहोगी क्या ?"

"न, किसी को नहीं।"

ओमी की आँखों में तल्ख़ी-सी दीख पड़ी–

"बाली को जानती हो न ! ऊब तो न जाओगी ?"

"तुम परेशान नज़र आते हो ओमी ! यह निमन्त्रण तुम दे रहे हो या रंजन ?"

"हम दोनों।"

ओमी के पतले खूबसूरत चेहरे पर लुकन-छिपन दिखी एक प्यास की—

"तो बाली से कह दूँ...तुम्हें एतराज तो न होगा ?"

रत्ती ने ईर्ष्या और खीज की मिली-जुली लकीर ओमी के माथे पर देखी और मन-ही-मन फैसला कर लिया—

"बाली बेशक आए...मुझे खुशी होगी।"

नदी के चौड़े पाट पर धूप और पानी ऐसे झिलमिलाते थे कि उमंग और गरमाहट एकसाथ लगे-लगे बहते हों।

रत्ती ने पुल पर से आँखें फेरीं तो देखा, रंजन की नज़र ओमी के पुलओवर पर जकड़ी है।

ओमी ने रंजन से आँख नहीं मिलाई। माथे पर झूलते बाल पीछे किए और पानी पर निगाह जमाए रखी।

बाली ने अक्खड़पन से रंजन की ओर देखा। देखने में एक गहरी तरेर और कुछ उघाड़ देने की लालसा—

"लगाओ यार, अब किनारे। कुछ खाएँ-पीएँ। तुम्हारा भी जलसा हो।"

एक छोटे-से बहुत छोटे क्षण को रत्ती को लगा, रंजन ने आँखों-ही-आँखों में बाली से कोई इल्तज़ा की हो। ओमी से अलग कहीं एक छोटा-सा इतिहास अभी भी सुरक्षित हो रंजन और बाली के बीच।

ओमी के माथे पर ज़ब्त की हुई सलवटें दीखने लगीं।

रंजन ने नाव किनारे लगाई और सूखी रेत पर खाने के पैकेट खुल गए।

बाली ने रत्ती को छेड़ा—

"ऐ लड़की, यह क्या रंग-ढंग हैं तुम्हारे...सीधे आँख उठाई और सामनेवाले के माथे पर ठोंक दी। लड़कियों की तरह कुछ लजाना-शरमाना सीखो।"

फिर रंजन की ओर मुड़कर कहा—

"दोस्त, इस लड़की का कोई क्या करे ?"

रंजन और ओमी को आँख मार दी—

"न बालिग और न नाबालिग।"

जवाब में रत्ती दोस्ती की नज़र से बाली की ओर देखती रही और हँसती रही।

रंजन ने रेत में कोहनी टिका आँखों में एक खूबसूरत-सी झुठाई भर रत्ती से कहा—

"हम लोग पिछले हफ्ते भी यहाँ थे। ज्योंही यहाँ पहुँचो, बीच का वक्त उतरकर पानी में बहने लगता है।"

ओमी के सुकुमार मुखड़े पर बाली की सी सख्ती उभर आई।

बाली अपने अक्खड़ ललाट से रंजन को दबाए रहे।

कहने को कुछ न पाकर रंजन ने रत्ती से पूछा—

"लौटने की जल्दी तो नहीं ?"

बाली ने जैसे रंजन को डपटा हो—

"शहर की मालिक बनी घूमती रहती है। कभी देखा नहीं इसे अकेले सड़कों को मापते !"

फिर आँखों से जैसे बुलबुल पकड़ ली हो—

"आज काहे की देर...हम जो साथ हैं।"

ओमी ने एक दबी-दबी गहरी साँस ली और पीठ टिका सीधे लेट गए।

बाली ने रंजन की जाँघ पर हाथ मारा—

"तुम्हें अब और नहीं सताऊँगा दोस्त !"

फिर हँसकर रत्ती की ओर देखा—

"लड़की, बाली के डील-डौल से डर न लगता हो तो तुम्हें पुल तक घुमाकर लाएँ ?"

रत्ती ने ओढ़नी सँभाली और बाली के सामने सिर झुकाकर कहा–

"लड़की तैयार है आलीजाह !"

बाली की भारी हँसी देर तक हवा में गूँजती रही और रंजन को धड़ से ऊपर-ऊपर खटखटाती रही।

हाथ में चप्पू थामे बाली ने रत्ती को देखा–

"लड़की तो तुम बुरी नहीं हो, लेकिन कह दें... बेवकूफ हो !"

रत्ती ने चुलबुलाती अदा से पूछा–

"कोई सबूत बेवकूफी का ?"

"कह दें तो रोने तो न लगोगी ?"

"न !"

"रंजन और ओमी के साथ तुम्हारा क्या काम ? कि है कुछ ?"

रत्ती ने बाली के चेहरे पर एक ढकी-सी आग देखी। यह भी कि किसी उबाल ने बाली के चौड़े वक्ष को भींच लिया है।

क्या बेहतर न होगा कि इस कम-अक्ल को खोलकर बात बता दें...

बाली की निर्दयी मूँछों पर कोई लहर-सी फुदक गई–

"पहले यह बता लड़की कि मुझसे डर तो नहीं लग रहा ?"

रत्ती ने आँखें नहीं झपकीं और सहज से कहा–

"नहीं तो !"

बाली ने पानी पर तैरते सूरज की ओर बढ़ते हुए

कहा—

"मुड़कर देखो, तुम्हें दावत देनेवाले दोस्त किस क़सरत में मसरूफ़ हैं..."

रत्ती ने गर्दन मोड़ी। रेत पर गुत्थमगुत्था होते रंजन और ओमी को देखा और आँखें लौटा लीं।

"देखा !"

जवाब में रत्ती ने सिर तक नहीं हिलाया।

बाली ने फूहड़पन से रत्ती को छेड़ा—

"लड़की, यह तो जानती है न कि वे क्या कर रहे हैं ?"

रत्ती ने आँखें नहीं लौटाईं और हौले से पूछा—

"क्या वे जानते हैं कि तुम जानते हो ?"

बाली ने निशाना बाँध मानो एक पत्थर उन दोनों की ओर फेंका हो—

"उसी तरह जैसे रंजन यह सोचे कि क्या ओमी जानता है।"

फिर रत्ती की आँखों पर कोई नकाब-सा डाल दिया—

"तुम इस सबसे बेखबर हो...याद रहेगा न !"

रत्ती ने सिर-भर हिला दिया।

बाली ठहाका लगा हँसने लगे—

"यह तो बता लड़की, तू क्यों इतनी ठंडी है ? किसी की चपेट में अभी तक आई कि नहीं !"

रत्ती ने नीचे झुक पानी उछाला और बड़े मासूम अन्दाज़ में कहा—

"जहाँपनाह, अब इस कम-अक्ल बेवकूफ़ लड़की को बख्श दीजिए।"

बिलियर्ड के हरे टेबल पर गेंदों की टंकार।

ठक्...ठक्...ठक्...। आड़ी-तिरछी सीध में मेज़ को अबूर करते गेंद और निशाना साधते सुमेर।

टेबल की हरी घाटी में उतरते-लुढ़कते गेंद एक-दूसरे को चेंज करते।

बेंच पर कोहनियाँ टिकाए बैठी रत्ती की छाती पर हर बार चोट पड़ती हो और किसी पुराने बन्द किवाड़ को खटखटाती हो।

क्यों वह कपाट अब तक नहीं खुला ! किसलिए ! काहे को !

सुमेर की ओर देखते-देखते रत्ती ने सुमेर के कोट की पॉकेट में सुमेर का 'वैलट' खोज लिया। करीने से लगी जमा-पूँजी। पूरा परिवार। एक परिवार।

रत्ती उठ खड़ी हुई। सुमेर के पास झुककर कहा—

"इस गेम को बीच में छोड़ देना क्या मुश्किल होगा !"

सुमेर ने खुबती आँखों से रत्ती को देखा और स्ट्राइकर स्टैंड पर रख दिया—

"हुक्म !"

"कुछ देर को बाहर चल सकोगे ?"

"क्यों नहीं रत्ती !"

सुमेर गाड़ी की ओर बढ़े कि रत्ती ने सुझाया—

"पैदल जाना पसन्द करोगे ?"

"शौक से रत्ती !"

रत्ती और सुमेर पोलो-ग्राउंड की ओर उतरने लगे।

रत्ती की चाल में नाराज़ी-भरी तुरशी थी।

सुमेर ने पीछे से कंधे पर हाथ रख दिया—

"इतनी जल्दी क्यों रत्ती...हमें कहीं पहुँचना तो नहीं है।"

रत्ती के माथे पर कोई चौराहा उभर आया। खीजकर कहा—

"यह तुम क्या कह रहे हो !"

सुमेर हँसे—

"यही कि जब घड़ी के मुताबिक कहीं पहुँचना नहीं है तो रास्ते को माप लेने की इतनी जल्दी क्या !"

रत्ती ने गर्दन उठा सुमेर की ओर देखा कि वक्त की चिन्दियाँ उड़ गई हों।

फिर सिर हिला दिया—

"कुछ नहीं...कोई जल्दी नहीं।"

सुमेर ज़ोर से हँस दिए—

"कह नहीं रहा हूँ...कुछ पूछ रहा हूँ तुमसे रत्ती !"

रत्ती ने इस बार सुमेर को आधा कर दिया—

"भगवान से कुछ माँगनेवालों की तरह लग रहे हो ! बेबस ! बेचारे !"

"रत्ती !"

सुमेर के माथे पर बल पड़े कि कुछ सोचकर नरम हो गए। बड़प्पन से कहा—

"रतिका, आवाज़ में इतनी कड़वाहट है कि जड़ें काटती मालूम देती हो !"

"अपनी जड़ों की फिक्र न करो, वे तो तुम्हारे तहखाने में महफूज़ हैं।"

सुमेर के सुदर्शन चेहरे पर अनदेखे भय का धुआँ फैल गया—

"जो कह रही हो...मालूम है, कितनी नफ़रत है उसमें ?"

रत्ती ने अपनी आँखें सुमेर के चेहरे पर जैसे कीलों से ठोक दी हों—

"किलेबन्दी को नफ़रत से ही तोड़ा जाता है।"

रत्ती के कहने-भर से सुमेर की गृहस्थी मानो तहस-नहस होती हो। अपने को सँभाल पिघले कंठ से कहा—

"तुम मुझे अज़ीज हो रत्ती ! मैं तुम्हारी कद्र करता हूँ।"

रत्ती हँसी जैसे हाथ से सुमेर पर कोई कूची फेर देनी हो—

"दोस्तों पर तो कबीले के से ठप्पे लगाए नहीं जा सकते।"

"ओह रत्ती...प्लीज, ऐसा मौका न आने दो कि..."

रत्ती की आँखों में छोटी-छोटी दो चिताएँ जलने लगीं—

"इस आखिरी मौके से पहले पूछ क्यों न लूँ कि तुम्हारे बेटे की सालगिरह पर दिया गया उपहार वापस क्यों लौटा दिया गया !"

"मैं बेहद शर्मिन्दा हूँ रत्ती ! काश, उस औरत को समझाया जा सकता !"

"लाड़ से विनिता की बात करते हो, सुनना अच्छा लगता है, लेकिन क्या मेरा उपहार लौटाए बिना नहीं चलता था !"

"रत्ती, मैं रातों नहीं सोया। जानता था, तुम्हें तकलीफ होगी, लेकिन वह समझती नहीं कि किसी के बच्चे को इतनी क़ीमती चीज़ बेमतलब भी दी जा सकती है।"

"मतलब और बेमतलब ?"

रत्ती के ओठों में कोई दर्द उठा और आँखों में जा लुका। चेहरे पर अंधड़-सा उठने लगा—

"जो आँख रहते ग़लत को ग़लत रहने दे सिर्फ़ इसलिए कि कोई सही मानने से इनकार करता है। किसी की बेवकूफी और अपनी बेबसी का विज्ञापन करता जाए..."

सुमेर के रौबीले दिखनेवाले चेहरे पर उसके बेटे की सी मासूम शक्ल उभर आई—

"कुछ और मत कहो रत्ती...कुछ और नहीं..."

"तुम दोनों ने मेरे सीधे-सादे चाव को पैरों-तले रौंद डाला है सुमेर !"

फिर धीमे से कहा—

"कितने जतन से पैक किया था...क्या देखा था ?"

एयरपोर्ट पर कॉफ़ी लेते रत्ती ने नीचे झाँका।

बड़ी एयरपोर्ट की चहल-पहल। कोलाहल। आने-जाने वाली फ्लाइट्स के अनाउंसमेंट।

लौंज में बैठे-बैठे सामने नज़र डाली।

हाथ में सूटकेस लिए रस्ट-कार्डराई में उभरे दो महाद्वीप। और उस ओर बढ़ा आता नीला सूट, किसी मस्तूल की तरह।

आप ही अपने को बुलाया—रत्ती !

खुद ही खुद से जवाब पाया—रत्ती !

सहमकर आँखें मीच लीं। उस एक क्षण में पहली देह उतारकर दूसरी बदल ली हो और पहली हैंगर में टाँग दी हो।

आँखें खोलीं। फिर उसी दिशा में देखा...ढूँढ़ लेना

चाहा...रस्ट और ब्लू दोनों नहीं थे।

सहसा नज़र अटक गई। फर्श पर टिके दो पाँव। कुर्सी पर रिलैक्स करता एक आकार। बाहर की दुनिया के आगे अख़बार रख, अपने में लुप्त किए...एक व्यक्ति...एक घटना।

यह कौन है! कौन होगा! इसे रत्ती होना चाहिए...

रत्ती उठी। कोलाहल को छाँटती सामने की कतार में सोफे पर जा बैठी। टेबल पर से पेपर उठाया। सामने देखा और रख दिया।

कुछ देर बाद फिर उठाया और चेहरे को ढाँप लिया।

अब रत्ती अपने आप में है और सामने उसका काउंटर-पार्ट।

मिची आँखों में रस्ट और ब्लू का कॉम्बिनेशन लहराने लगा। दो महाद्वीपों से घिरे पानी में बढ़ता जहाज़। पानी को चीरता। कहीं से पड़ती सूरज की सुनहरी किरणें। आँखों में, उरोजों पर और नीचे-नीचे...अँधेरी लाल घाटी में जहाँ पानी और गंध मिलते हैं। फूल खिलते हैं...फूल।

आँखें खोलीं। वही पाँव। अपरिचित मुख पर आँखों की जोड़ी ऐसी कि रत्ती हमेशा से पहचानती हो।

नज़र उठा सामने बैठी रत्ती की ओर देखा तो ऐसे कि रत्ती का कपड़ा लहरा दिया हो। अखबार की ओर संकेत कर पूछा—

"कुछ कारगर हुआ!"

रत्ती ने पलकें नहीं झपकीं। एक नज़र से समूचा आकार पी लिया हो—

"हुआ।"

एक हाथ आगे बढ़ा—

"डेविड-वाइट..."

"रत्ती-राजसिंह।"

डेविड-वाइट ने रत्ती को कुछ ऐसे देखा कि किसी चिर-परिचित तस्वीर का निगेटिव देखते हों।

"कुछ लेना चाहेंगी ?"

"कुछ भी।"

डेविड-वाइट ने लौंज में से रत्ती का चेहरा उठा अपनी पहचान के लिए रख लिया और काउंटर की ओर खो गए।

रत्ती पीछे से लगातार देखती रही। फिर कभी जीना हुआ तो रत्ती यह चाल उधार लेगी डेविड-वाइट से। दुनिया को लौंज की तरह पार कर लेनेवाली।

दो गिलास, दो चेहरे।

ठिठके हुए उस एक क्षण में।

"अटैंशन प्लीज़, फ्लाइट नम्बर..."

डेविड-वाइट ने तरेर-से आधा गिलास देखा और निर्दयी अकुलाहट से एक लम्बे घूँट में खाली कर दिया।

"पैसेंजर्स आर रिक्वेस्टेड टू..." अनाउंसमेंट गूँजती चली गई।

रत्ती ने हाथ का गिलास मेज पर थिर कर दिया।

डेविड-वाइट ने हाथ से घेरा—

"तुम्हारी फ्लाइट !"

"घंटे-भर बाद !"

कस्टम के बाहर डेविड-वाइट को ठिठकते देखा तो ज़िन्दगी में सिर्फ एक बार महसूस होनेवाली हड़बड़ाहट से रत्ती ने अपने को फर्श पर से उबार लेना चाहा !

हाथ बढ़ाया—

"कहूँ कि खुशी हुई तो काफी न होगा।"

रत्ती की आँखों में कुलबुलाती एक प्यासी प्यास।

डेविड-वाइट ने देखा और बाँह से थाम रत्ती को भरपूर चूम लिया। इस एक लम्बे क्षण में एक ज़िन्दगी जी डालनी हो।

काँपती बाँहों से कुछ तड़पकर रत्ती की घाटी तक बिखर गया।

अँधेरे में कौंधती एक लपट !

भानुराव ने दूर से काले लिबास में कोई जाना-पहचाना आकार देख लिया हो।

लम्बे कदमों से दूरी समेटते रत्ती के पास आ खड़े हुए।

रत्ती ने मुड़कर देखा...

कंधे पर जैसे कोई भूली-बिसरी घड़ी आ ठिठकी हो।

भानुराव !

हाथ मिलाया—

"हैरानी नहीं हुई भानुराव, क्षण-भर पहले अनजाने ही इस हॉल में तुम्हें ढूँढ़ने लगी थी।"

भानुराव ने तत्काल ही खाली टेबल खोज निकाला—

"ऊपर चलें।"

"अपनी पहचान पर अचंभा है रत्ती...तुम्हें पीछे से देखा था।"

"क्यों न हो भानुराव, तुम पुराने गेज़र हो।"

भानुराव अपने पर खुश हुए—

"तुम्हारा यह क्रैडिट मेरे लिए कीमती है।"

रत्ती का हल्कापन गायब हो गया—

"बढ़ाकर बात करते हो भानुराव, अख़बारों के 'हैडिंग' बाँटने की आदत है न !"

भानु को कुछ खटक गया—

"यह कॉम्पलीमेंट नहीं है रत्ती...इतना जानता हूँ।"

रत्ती ने भानुराव को दूर तक देखा। कहीं पहुँचने को थी कि लौट पड़ी—

"देखो भानु, बिना वजह गम्भीर हो जाने की आदत तुम्हारे साथ मेल नहीं खाती।"

भानुराव हँसते रहे—

"पर कहीं एक झुँझलाहट...कहीं कुछ ग़लत है रत्ती...यही अभियोग मैं तुम पर लगाने को था।"

"बुरा मानोगे तो नहीं कह सकूँगी भानु..."

"तुम कहो रत्ती।"

"उम्र से ठिठोली करते तुम अपने आसपास को रौंदते चले जाते हो तो सामर्थ्य होने का चमत्कार पैदा करते हो, लेकिन जब ऐसा नहीं होता तो कोई पुरानी कड़वाहट वक्त की दहलीज़ पर बार-बार सिर पटकती मालूम देती है।"

भानुराव के माथे पर तेवर उभर आए। पकी रेखाओं पर अभ्यास की हँसी बिखेरकर कहा—

"वह याद दिलाना ज़रूरी था क्या रत्ती !"

"तुमसे इजाजत ली थी राव, अब उलाहना मुनासिब नहीं।"

भानुराव ने एक पुराना सफर तय किया। नज़र रत्ती पर टिकाकर कहा—

"तुम्हें एक दिन बम्बई में देखा था। याद कर सकती हो, कहाँ देखा होगा !"

"बम्बई में तुमसे मिली नहीं, पर तुमने कहाँ देखा होगा, यह मैं जानती हूँ। होटल छोड़ने से पहले जिस रिसैप्शन पर तुम बिल चुका रहे होगे, मैं उसी

डेस्क से कमरे में दाखिल होने के लिए ताली उठा रही होऊँगी...''

भानुराव ने रत्ती का हाथ दबा दिया—

''मैंने हार मान ली है रतिका !''

''नहीं भानु, तुम सही नहीं कह रहे। तुम्हें हमेशा जीतने की आदत है।''

भानु की आँखों में कोई आहत अभिमान उभरा और गुम हो गया—

''उस शाम को भूल जाओ रतिका, उसकी बात तक सोचकर झुँझला जाता हूँ।''

''तुम्हारा नहीं...वह अँधेरा मेरा था भानुराव !''

''रत्ती !''

भानु की आवाज़ काँपकर थिर हो गई। चेहरे पर कोई लम्बा विराम निरीहता का।

रत्ती ने देखा और अपनी ही कीमत पर भानुराव को भानुराव से जोड़ देने की कोशिश की—

''भानुराव, पुरानी गारों को जगाने के लिए काला फुँकारता साँप या धूप की एक छुअन-भर...इसके अलावा और कुछ कारगर नहीं होता।''

भानु ने ऐसी निगाह से देखा कि अपना खोया टोकन पा लिया हो। कृतज्ञ हो कहा—

''मान लूँगा रत्ती क्योंकि मेरे लिए मानना ही सुखकर है। लेकिन जानता यह भी हूँ कि अँधेरे का अपराधी अँधेरा नहीं, वह लौ भी है जो अँधेरे को उजरा सके।''

रत्ती ने इस बार भानु को नहीं, किसी गुनहगार को देखा हो—

''भानुराव, तुम्हें बैनिफ़िट ऑफ़ डाउट देना चाहा था, पर तुम उसके काबिल नहीं।''

भानु ने हँसते-हँसते खो गई पारी की अपील की—

"रतिका !"

रत्ती गम्भीर हो आई—

"भानु, तुम्हारी बाँहों के करीब कोई चेहरा नहीं होता। सब अनाम होते हैं।"

भानु ने इस बार बीत गए बरसों को आवाज़ में समेट लिया—

"यह तुम किसके डिफैंस में कह रही हो..."

"हम दोनों को ही डिफैंड होने की ज़रूरत है भानुराव ! कम-से-कम एक-दूसरे के सामने तो ! क्या ठीक कह रही हूँ ?"

"रतिका, जो कहती हो, उसके पीछे कोई चेहरा सिर उठाता मालूम देता है।"

"ठीक ही देता है भानुराव ! वह मेरा खुद का चेहरा है। मेरा अपना डायल है। उसी के ज़रिए मुझे हर नम्बर मिलाना होता है।"

"खोए हुए वक्त का दर्शन मत बनाओ रत्ती !"

"नहीं भानु, ऐसा नहीं है। जब-जब कोई नम्बर मिलाया है, कभी सही जगह घंटी नहीं बजी। बजी तो इंगेज मिली। कभी नम्बर मिला तो उस ओर उठानेवाला कोई न था। था तो उस ओर से ऐसी आवाज़ नहीं आई जो मुझ तक पहुँच सके।"

भानुराव एकाएक थके-से बीमार लगने लगे। हाथ से रोककर कहा—

"बस, रतिका ! ज़िन्दगी-भर हर नम्बर पाता रहा हूँ, पर तुम्हें सुन लेने पर लगता है, सब व्यर्थ था...अर्थहीन !"

रत्ती हँसने लगी—

"अपने से इतनी हमदर्दी भानुराव !"

भानु तेज़ निगाहों से रत्ती को टटोलते रहे, फिर सिर हिला हौले से कहा—

"नहीं...इस प्रार्थी को लाइन से एकदम बाहर मत करो..."

रत्ती ने अपनी ओर बढ़ता हाथ लाड़ से थिर कर दिया—

"इस ग़लतफहमी का क्या करोगे भानु ! तुम पूरा वक्त अपने से इंगेज हो।"

होटल के डाइनिंग हॉल में, कोने की टेबल पर बैठे सुब्रामनियम को रत्ती ने रडार की तरह आँख से कैद कर लिया।

अपनी चाल पर खुश हो टेबल की ओर बढ़ी तो सुब्रामनियम उठ खड़े हुए। तीखे चेहरे पर बरसों अकेले रहने की झुँझलाहट और गम्भीरता एकसाथ।

"आखिरकार वक्त निकाल लेने के लिए धन्यवाद।"

रत्ती हँसी—

"दो लोगों की मुलाकात के लिए कभी भी एक जन काफी नहीं होता। किसी भी एक का शुक्रिया करना मुनासिब नहीं।"

सुब्रामनियम तनिक-सा हँसे लेकिन आँख के पीछे दीखनेवाला तकलीफ़ का एक पल।

रत्ती ने मदद की—

"कुछ ऑर्डर करें !"

"ज़रूर !"

जिंजर के गिलास दोनों ओर। बीच में मेज़ की खुली स्पेस और आमने-सामने वीराने की झाड़ियाँ।

सुब्रामनियम ने जैसे दोपहर उबार देने को कहा—

"विनू जब भी बात करते थे, लगाव से आँक दिया करते थे कि आप ऐसी हैं...कि आप..."

रत्ती के ओठों पर एक ताज़ी मुस्कराहट खेल गई—

"देखने पर क्या नाउम्मीदी हुई ?"

"नहीं। हूबहू वही। जानती हैं, विनू और हम दोनों अच्छे दोस्त हैं।"

"जानती हूँ। मुझसे विनू आपकी बात किया करते हैं।"

सुब्रामनियम की घबराई उँगलियाँ सिगरेट से उलझीं तो रत्ती ने पहली बार उन हाथों को देखा। हथेलियों पर जमी कड़वाहट।

"विनू को आप बहुत प्रिय हैं..."

"विनू के साथ होती हूँ तो एक साथ खुश और उदास होती हूँ।"

सुब्रामनियम ने जैसे आगे बढ़ने का रास्ता पाया हो—

"कुछ-कुछ समझता हूँ। हम दोनों में उम्र का फ़ासला है, पर जब कभी मिलते हैं तो दोस्तों की तरह। यह विनू की ख़ूबी है।"

रत्ती ने एक आँख विनू से अलग हो सुब्बा को देखा कि अपनी और सुब्बा की दूरी माप ली।

गम्भीर होकर कहा—

"विनू की चुहल में मैं हर बार एक ही बिन्दु राख का ढूँढ़ लाती हूँ। काली गाड़ी में कभी न लौटनेवाली जगह पर पहुँचा विनू का परेशान चेहरा। फिर पीठ देकर किसी बार की ओर मुड़ने की जल्दी। घूँट-भर यह भी कि प्यारी लड़की, अब चाहने पर भी तुम्हें मिला नहीं जा सकता।

पर जानता हूँ, अपनी मौत से फुरसत पा तुम ज़रूर मेरा साथ दे रही हो इन घूँटों में।"

सुब्रामनियम ने बुझे चेहरे से रत्ती की ओर देखा और पाया, जैसे वह अपनी मौत में खोई हो।

लौटा लाने को धीमे से कहा—

"माफ़ी चाहता हूँ...क्या खाने को ऑर्डर करें ?"

रत्ती ने चौंककर सुब्बा के चेहरे पर अपने को देखा—

एक खौफ !

"चाहिए नहीं सुब्बा, फिर भी भटकती हूँ। शायद इसलिए कि अपने मरने के साथ मैं समूची मरूँगी। हमेशा के लिए मर जाऊँगी।"

सुब्रामनियम ने इस बार अपना संकोच उतार फेंका—

"साथ जीने के लिए एक छोटी-सी ऑफर है। क्या दोहराने की इज़ाजत है ?"

रत्ती की आँखों में लॉन का एक हरा टुकड़ा लहराया। भीगकर सुब्बा की ओर देखा—

"सुनने-भर के लिए कृतज्ञ हूँ।"

सुब्रामनियम चौकस हुए—

"मेरी ओर से विनू ने कहा होगा। कहा था क्या ?"

रत्ती की आवाज़ सपाट हो गई—

"कहा था सुब्बा !"

सुब्रामनियम साँस रोके इन्तज़ार करते रहे।

रत्ती कुछ बोली नहीं तो हौले से कहा—

"क्या इस ओर का कुछ भी जानना ज़रूरी नहीं ?"

रत्ती सुब्बा के चेहरे पर जैसे अपने हाथ की रेखाएँ पढ़ने लगी हो। सिर हिलाकर कहा—

"सुब्बा, ऐसा कुछ नहीं जो मैं चाहने पर चुन सकूँ

और न चाहने पर न चुन सकूँ।''

सुब्बा गम्भीर बने रहे–

''ठीक नहीं कह रही हो...अभी तुम्हें अन्दर देखा तो क्षण-भर को लगा, जिसका तुम्हें इन्तज़ार है वह मैं नहीं हो सकता।''

रत्ती ने सिर धुनती लपक जैसे सुब्बा के चेहरे पर देखी हो। सहमकर कहा–

''ऐसा न कहो।''

''ठीक कह रहा हूँ। बिल्कुल जानता हूँ, जो कुछ भी पास है तुम्हारे लायक नहीं...मगर...''

रत्ती खोखली-सी हँसी हँसने लगी–

''मगर क्या सुब्बा, जो कहने जा रहे थे इस पुरानी औरत को 'बंक-अप' करने के लिए, ज़रूर कह दो।''

''यही कि जहाँ कदम रखोगी...कीमती हो जाएगा।''

रत्ती ने एकाएक अपने पर से बैरियर उठा गुज़र जाने की जगह दी–

''सुब्बा, देखने और होने का जितना बड़ा फ़र्क अपने आर-पार फैला है, उसे लाँघ लेने की हिम्मत खुद मुझमें नहीं।''

''नहीं। कुछ देर पहले तुम्हें अन्दर आते देखा तो लगा, कोई शहज़ादी चली आ रही है।''

रत्ती हँसी कि तड़पी हो–

''बस, सुब्बा, जिसने अपनी गरीबी को ओढ़ लेने के लिए कीमती कपड़े पहने हों...जिसके पास सम्बन्धों की कोई रियासत न हो...दिखाने के नाम पर एक तेवर तक नहीं...''

रत्ती के चेहरे पर बीते बरस उगने लगे। झुँझलाहट में मीनू-कार्ड उठाकर हौले से कहा–

"खाने के लिए कुछ ऑर्डर करें !"

सुब्रामनियम ने पानी का गिलास उठाते-उठाते जान लिया कि मेज़ के आर-पार बिछे दो रेगिस्तान उस दुपहरी में तनिक भी सरके नहीं...!

हाथ में ट्रे लिए रत्ती अन्दर आई। जयनाथ को देख लहराती अदा से पूछा—

"कहाँ हैं ! क्या सोच रहे हैं !"

जयनाथ के सयाने चेहरे पर अभिमान-भरी एक चाह झलक आई। गम्भीरता से सिर हिला दिया—

"नहीं...कुछ नहीं..."

"शर्त बाँध सकती हूँ कि क्षण-भर पहले जो भी देख रहे थे, उसकी उपस्थिति इस कमरे में नहीं है।"

जयनाथ आप ही किसी उलझन से निबटते रहे, फिर रुककर कहा—

"चाय की ट्रे लिए तुम्हारा आना देख रहा था..."

रत्ती की आँखों में एकसाथ अँधियारा और आलोक कौंधा—

"मानना नहीं चाहती पर मान लूँगी कि जो कह रहे हो, वह आधा सच है।"

जयनाथ ने चाय का प्याला थाम लिया। सेंकती-सी निगाह से रत्ती को देखकर कहा—

"तुम्हारी जिरह के आगे कुछ भी कहना मुमकिन नहीं।"

"जानकर तो रहूँगी ही। कह क्यों नहीं देते !"

जयनाथ दरवाज़े की ओर देखने लगे—

"तुम कलकत्तेवाले घर की किचन से सुबह की चाय

लेकर आई हो...यही देखा था।"

"यह सुनकर अपने को दुलारने का मन होता है।"

जयनाथ ने मानो कुछ सुना हो।

रत्ती को अपनी ओर खींच लिया—

"नहीं...ठीक नहीं कह सका..."

"तुम आईं तो तुम्हारे चेहरे पर अपने और तुम्हारे बेटे को देखने लगा।"

रत्ती ने उस क्षण को सूँघकर बन्द आँखों में ही जयनाथ के बच्चे को खड़ा कर दिया।

जयनाथ पुराना बीता वक्त है तो भी क्या!

एक घर। एक कमरा। कमरे की गरमाहट तो रत्ती को भी चाहिए।

जयनाथ की ओर उमड़कर बहुत हौले से कहा—

"कुछ ऐसा कहो...कुछ ऐसा करो कि वह कर सकूँ जो मुझे करना चाहिए।"

"तुम करोगी रत्ती...मैं जानता हूँ, मैं भाग्यवान हूँ।"

रत्ती बयार-सा हल्की हो आई।

"बहुत कुछ है पर किसके लिए जुटा रहा हूँ, यह नहीं जानता। मुझे तुम्हारी ज़रूरत है और कारोबार को तुम्हारे बेटों की।"

रत्ती ठिठकी और सहम गई। आँखों के आगे सिर धुनती-सी बेबसी।

जयनाथ के चेहरे पर नई गृहस्थी उगी देख तिलमिलाती हँसी में कहा—

"कितने बड़े दकियानूस हो तुम!"

जयनाथ हैरान हुए—

"क्या कह रही हो!"

रत्ती ने सिर हिलाया—

"ठीक ही तो !"

आँखों में कोई राख-रँगी धूल उड़ने लगी।

ओठों में फुसफुसा जैसे अपने से ही कहा हो—

"इस फटी को बेटा कहाँ से आएगा !"

जयनाथ पास आ खड़े हुए। ऐसी निगाह दी कि रत्ती निर्वस्त्र हो, फिर कंधे पर हाथ रखकर कहा—

"तुम चिढ़ा रही हो, यह मैं जानता हूँ।"

फिर रत्ती के आँचल को छूकर कहा—

"इस दबदबे में कम-से-कम पाँच लड़के तो मैं ही देख रहा हूँ !"

रत्ती की आँखें नटखटपन से सारे कमरे में लहराईं, फिर जयनाथ के सोंधे चेहरे पर अटक गईं—

"पाँच नहीं, सात। मैं ताज़ी चाय लेकर आती हूँ। फिर बैठकर जमापूँजी का बँटवारा करेंगे।"

कदम उठा रत्ती ने पीठ मोड़ ली।

छाती में कोई भँवर पड़ा हो और दिल के नीचे कहीं कोई हत्या हो गई हो।

पाँव दहलीज़ पर रुक गए। लौटी। प्यास को लजा देनेवाली तृष्णा से जयनाथ को देखा और सरसकर कहा—

"तुम्हारे सात बेटों की इस सौतेली माँ को देखेगा कौन !"

जयनाथ समझे नहीं—

"मज़ाक कहाँ तक खींचती चली जाओगी !"

सुनते ही चेहरा धुँधला गया। अभाव की बाँझ नज़र को संयत कर सहज कंठ से कहा—

"अपने बच्चों के लिए तुम्हें कोई और माँ ढूँढ़नी पड़ेगी। बेटे बनाने की कला तो इस औरत के पास है ही नहीं।"

"रत्ती !"

रत्ती रुकी नहीं। किचन में जा नल खोला और चेहरा धार के नीचे रख दिया।

एक लम्बी लड़ाई। हर बार बाज़ी हार जानेवाली और हर बार हार न माननेवाली।

हर बार अकेले जूझना। हर बार सिर उठा आगे देखना।

हर मोड़ एक मोड़ भर। भविष्य नहीं।

भविष्य वह अंधी आँखोंवाला वक्त बना रहा जिससे रत्ती ने कभी साक्षात्कार नहीं किया।

वक्त के पंजों-तले जितनी बार छटपटाई, उतनी बार तिलमिलाई। उतनी बार हाथ-पाँव पटके।

बार-बार सिर उठा आगे देखा—

कुछ तो होगा जिसका मुझे इन्तज़ार है !

कोई तो होगा जिसे मेरा इन्तज़ार है !

पर नहीं...रत्ती को सिर्फ़ रत्ती का इन्तज़ार था।

दर्पण में देखा। पुरानी इमारत।

ढेर-सी क्रीम ले चेहरे पर बिछा ली। अँगुलियों से माथा, ठुड्डी, गर्दन सब सहलाए।

फिर अपने से अलग हो अपने को देखा।

बर्फ के टीले। धूप पड़ती नहीं। बर्फ पिघलती नहीं।

पतले ओठों पर एक वीरान मुस्कराहट, और कुछ नहीं।

नीचे देखा। हाथ से महसूस किया...दो टुकड़े। हैरानी

है, किसी ने ठिठककर देखा तक नहीं। बर्फ़ से अँटी पड़ी अँधेरी गुफा को जहाँ ज़िन्दगी सपरती है।

रत्ती ने उमड़कर अपने को दूसरा बना लिया।

एक मैं। एक वह। वही मैं और वही वह। बीच में वह नाक़िस ज़मीन जो किसी की नहीं।

तेज़ गर्म शावर खोल गर्दन झुका ली। अपने-आपमें अनोखा यह सुख ! छोटा मगर बहुत बड़ा। इतना कि कुछ देर को सारे अभाव भूल जाएँ।

तौलिए से सुखा-पुँछा फिर दर्पण में देखा।

तस्वीर की सी आकृतिवाले दो टुकड़े बिना खोल के।

ढीले कपड़ों में लिपट अपने लिए एक तीखा 'बड़ा' बनाया और घूँट ले आँखें मूँद लीं।

ये छोटे-बड़े घूँट, ये बाहर की गरमाहट। कितनी बार सुना कि इस देह में गरमाई नहीं। आँच नहीं।

कितनी बार सोचा, वह ताप कहाँ है, वह आग जो इस जमे हुए को पिघला सके ! कभी बेखटके-बेसहमे तन में सुहानी आग उपजती और सहज भाव बह-बह जाती उन कूल-किनारों की ओर जो सबके होते हैं। सबको मिलते हैं।

लेकिन यह पथरीली अहल्या आड़ी खड़ी चट्टान की तरह, हर बार की टकराहट से न पिघलती है, न टूटती है ! न छोटी होती है, न बड़ी !

रत्ती ने गिलास खाली कर आँखें मूँद लीं और सिरहानों पर ढुलक बाँहें फैला दीं।

कभी टकराहट तो इतनी भर कि चिनगारियाँ चमकें और चमक उठकर दरार में गुम हो जाए। बाद में वही गला घोंटता धुआँ अपने आसपास मँडराता।

आँखों में जितने आकार दिखे, अपने भीतरी खोल

पर उतने ही रफू और पेबन्द।

रत्ती उठी। गिलास भर देर तक अपनी आँखों के आगे रखे रही।

मानो पीने को फुसलाती हो।

अचानक दीखा, यह गिलास महेन के ओठों से लगा है और एक भी बूँद उन ओठों तक नहीं पहुँचती।

"रतिका, तुम क्या चाहती नहीं थीं ?"

झुँझलाहट-भरी महेन की आवाज़ और फीकी डरावनी आँखें रत्ती की। एक-दूसरे से उलझकर फड़फड़ाती हों जैसे।

खिंड गई प्यास-सी बेआब रत्ती ने अपनी कँटीली पीठ उठा ली और महेन की ओर झुक भरे हुए गले से कहा—

"चाहती थी पर नहीं सकी महेन..."

भंग हुए महेन ने खट्टे हाथों ऊपर की चादर ऐसे उतार फेंकी कि रत्ती हो और अलग हो गए !

राजन की आँखों की तपिश ने रत्ती को कहीं गहरे उकेरा।

बरस-भर के लम्बे परिचय के कौशल से आश्वस्त राजन ने रत्ती की ओर हाथ बढ़ाया तो रत्ती ने रोक नहीं दी।

राजन ने चूमा। बार-बार। तब अधिकार-भरे सख्त हाथों रत्ती को किसी इम्तहान पर रख देना चाहा हो !

रत्ती को खोजने लगे कि दो टुकड़ों में बँटी रत्ती ने भरसक कोशिश की और सह न पाने पर अपने को राजन से अलग कर दिया।

राजन का जैसे माथा जलने लगा हो।

“रतिका !”

आवाज़ में कोई भयावनी भभकी सुन पड़ी रत्ती को ! खाली-खाली आँखों से खोखला-सा देखती रही।

झुँझलाहट को भरसक लुका-छिपा राजन ने इस बार भीगे स्वर में पुकारा–

“आओ रतिका...आओ न !”

राजन के गले की थरथराहट सुन रत्ती को अपना शव दीख गया।

चाहा कि कदम भर राजन के पास जा पहुँचे लेकिन नहीं हिल सकी।

राजन पास आए। कसकर हाथ पकड़ लिया–

“रत्ती, आओ !”

“नहीं।”

कंठ में अकाल का सूखा था और आँखों में जल गए घास की सी दहशत !

राजन ने मानो ज़िन्दगी में पहली बार ऐसे ‘इनकार’ से सामना किया हो।

रत्ती ने अपनी विवशता में भी देखा कि राजन के चेहरे पर एक ऐसी कौंध की तड़प है जो रत्ती के पास नहीं। इसी एक क्षण में राजन के तनाव का त्रास भी !

“मुझे तुमसे माफी माँगनी है राजन...वह एक काला ज़हरीला क्षण हर बार मुझे झपट लेता है और मैं काठ हो जाती हूँ।”

राजन कुछ भी बोले नहीं। बौखलाए-से देखते रहे। फाड़-फाड़ चिन्दियाँ कर देनेवाली कठिन चुप्पी !

राजन ने अपने में लौटकर, न पा सकने की कड़वाहट में से रत्ती को देखा और उपेक्षा से रौंद दिया।

जाने को उठे कि रत्ती की आँखों में सूखा हाहाकार

बरसने लगा।

रूखी क्रूर आवाज़ में रत्ती ने बुलाहट की—

"रुको तो राजन !"

राजन मुड़े।

सबकुछ शेष कर डालने को प्लग से जैसे तार निकाल दी हो...राजन ने ऐसे ही देखा और द्वार की ओर बढ़ चले।

रत्ती उपेक्षा और अपमान से काँपने लगी हो। दौड़कर रास्ता रोक लिया—

"मैं तुमसे कुछ कह रही थी राजन ! क्या सुनना तक नहीं चाहते ?"

"नहीं !"

कातर स्वर में फिर फरियाद की—

"हम दोनों अगर दोस्त हैं तो मेरी बात क्यों तुम्हें सुननी नहीं चाहिए !"

राजन के लिए इस पल रत्ती बरस-भर पुरानी मोहिनी न हो...कोई मिट्टी हो। रीता घट हो।

रत्ती का हाथ झटक दिया—

"जो सालों-साल तुम्हारे कीमती हाथों को चूमता रहे, मैं वह नहीं हूँ।"

वितृष्णा की मुस्कान ने राजन के चेहरे को लीप दिया—

"मुझे हमेशा शक था, तुम औरत हो भी कि नहीं !"

श्रीपत आए तो ऊना साथ नहीं थी !

रत्ती दिलचस्पी से देखने लगी। श्रीपत अपने पर से कोई तह उतारकर रत्ती के यहाँ आए हों !

शोख़ खनखनाती हँसी और नज़र ऐसी कि बदन पर के कपड़े उघाड़ती हो।

प्यालों में चाय उँडेलती रत्ती ने गहराती शाम में ज्यामिति का कोई नया कोण देख लिया हो।

रत्ती क्या किया करती है। कैसे रहती है। किन-किन से मिलती है। श्रीपत की ओर से यह जिज्ञासा और आग्रह भी कि रत्ती में एक सहज अनोखापन है और एक ज़ालिम ठंडापन भी।

रत्ती ने दरार पर से देखा, श्रीपत एक व्यक्ति नहीं हैं, एक पुरुष हैं और होने की नियति को सहूलियत से निभाना भी जानते हैं।

चाय का ताज़ा प्याला लेते-लेते श्रीपत ने रत्ती को आँखों में उतार लिया। हँसकर कहा—

"आज ऊना के साथ न होने से हैरानी नहीं हुई रत्ती ?"

रत्ती ने श्रीपत के ओठों पर एक पुरानी खिलवाड़ देखी तो मन-ही-मन हँसी—

"न, हैरानी कैसी श्रीपत ! दो जन हमेशा एक-दूसरे के साथ बने रहें, यह क्या इतना ही ज़रूरी है !"

श्रीपत खुलकर हँसे। शब्दों के पीछे मानो कोई अतिरिक्त संकेत हो।

रत्ती ने अपने तईं जाना कि कहने का कोई भी अर्थ श्रीपत के कहकहे में खो गया है। गम्भीर होकर कहा—

"श्रीपत, ऐसा कर सकने पर तुम खुद ही हैरान हो रहे हो।"

श्रीपत क्षण-भर को निरुत्तर हुए, फिर मन-ही-मन झुंझलाकर रत्ती के चारों ओर अपनी सामर्थ्य की रेखा खींच दी और हँसकर कहा—

"पुरानी तजुर्बेकार कहला सकती हो।"

रत्ती के माथे पर कोई तेवर नहीं उभरा। आँखों से सुहाती सीध श्रीपत की ओर देखा और सहज कंठ से कहा—

"श्रीपत, तुम 'भीतर' के नहीं, 'बाहर' के आदमी हो। इस नटखट बारीक उठा-पटक में मुझसे जीत नहीं पाओगे।"

श्रीपत ऐसे हँसे कि रत्ती मानो उन्हें किसी खोज के लिए उकसाती हो।

रत्ती ने अपने सजग बिन्दु से सूँघा—

श्रीपत की हँसी में पहने हुए कपड़ों की गंध थी।

उठकर रत्ती के पास आए।

बारी-बारी दोनों हाथ चूम लिए।

रत्ती ने देखा, श्रीपत किसी भी तरह की दोस्ती और दुश्मनी, दोनों से अलग एक ऐसी सीध पर से बढ़ते चले आते हैं जहाँ 'अन्दर' और 'बाहर' की कोई उलझन नहीं है। सिर्फ पुरुषोचित दर्प और सामर्थ्य ही।

रत्ती ने अपने इर्द-गिर्द लगी कँटीली तारों पर से उस मोहक गंध को उठा अपनी ओर फेंक लिया।

एक पल रचा-सँचा। अन्दरवाली रत्ती को घुड़ककर खामोश कर दिया और पाया, श्रीपत ही वह झीना अर्थ है जो रत्ती को उठाना-भर है।

श्रीपत ने विदा लेते रत्ती को चूमा और चुम्बित हुए।

रत्ती कुछ देर खड़े-खड़े तकती रही। फिर अपने को छुआ इस आदर से कि वह भी कुछ है जिसकी देहरी पर से कुछ उठाया जा सकता है। पाया जा सकता है।

शाम रत्ती को छोड़ने आते श्रीपत ने बिना कुछ कहे गाड़ी अपने घर की ओर मोड़ ली तो रत्ती को सुखद अचरज हुआ।

श्रीपत का घर।

लगा, वह कहीं बस्ती के बाहर रहती हो और श्रीपत उसे अकेलेपन से उबार गहमागहमी में लिए चले जा रहे हों।

फाटक के अन्दर उगे श्रीपत के घर को तृष्णा से देखा। गरमाहट में रचे-बसे घरों के चौखटे। हर दरवाज़ा एक चेहरा। हर चेहरा एक जिस्म और हर जिस्म एक कमरा—एक-दूसरे से लगे-लगे। एक संग बँधे-बँधे और जुदा-जुदा।

श्रीपत ने कपाट खोल बाँह से घेर लिया—

"आओ रत्ती !"

स्वर में ऐसा कंपन जो समय को माप जाता है।

ड्राइंगरूम में बैठी रत्ती मानो मन-ही-मन आँखों से कमरे का संगीत लिखती हो। फर्श पर कालीन, सोफे, कुशन, दीवान और दीवार पर श्रीपत के अन्तरंग जीवन की तारीखें। बच्चों के हँसते-खेलते चेहरे और एक बड़ा इन्लार्जमेंट ऊना का।

श्रीपत जैसे ही सामने का परदा उठा अन्दर गए, रत्ती के निकट ऊना इस घर की आत्मा बन गई।

इसी तरह हर शाम श्रीपत साँझ गए घर लौटते होंगे...ऊना के कमरे की ओर बढ़ते होंगे...कुछ कहते होंगे...

श्रीपत ने अन्दर से आवाज़ दी—

"रत्ती, चाहो तो फ्रिज़ में से कुछ लो।"

रत्ती ने उठकर फ्रिज़ खोला। अपने फ्रिज़-सा ही

लेकिन अन्दर झाँकते ही मन में कोई नवेली साध छलक आई।

करीने से रखे फल, मक्खन, पनीर, अंडे, पूरी गृहस्थी।

रत्ती ने जैसे खोला था वैसे ही बन्द कर दिया। बहुत हौले से मन-ही-मन अपने से कहा हो–

यह क्षेत्र ऊना का है रत्ती !

रत्ती सहसा चौकन्नी हुई। कहीं कोई आहट नहीं। आवाज़ नहीं।

"ऊना क्या घर नहीं है श्रीपत ?"

श्रीपत पास आ खड़े हुए और विवाहित हँसी हँसकर कहा–

"क्या सच में ही ऊना को मिलने को बेचैन हो !"

"क्यों नहीं...दोस्तों की बीवियाँ अक्सर ट्रैसपासिंग के लिए मुझे घूरा करती हैं। तुम्हारी ऊना को भी यह सुख क्यों न मिले !"

श्रीपत ऐसे हँसे कि श्रीपत की हँसी ऊना से टकराकर रत्ती की ओर लौटी हो !

श्रीपत ने सिगरेट सुलगा धुआँ बिखेर दिया, फिर तपिश में जकड़ा चेहरा उठा एक लम्बे क्षण तक रत्ती की ओर देखते रहे।

"आओ रत्ती...इधर आओ न !"

रत्ती ने श्रीपत की आँखें देखीं तो लगा, वह इन दो आँखों की देनदार है।

श्रीपत ने कोट उतारा। शर्ट। टाई। रत्ती देखती-भर रही। ऐसे कि अपने से अलग, अपने से बाहर कोई क्षण आकार पा रहा हो।

"रत्ती !"

साथ-साथ लगे पलंग। श्रीपत ने आवेश-भरी बाँहें फैला दीं—

"आओ !"

रत्ती थिर खड़ी श्रीपत को नए सिरे से चीन्हती हो।

तब पास आई और चादर श्रीपत के कंधों तक खींच दी।

"तुम्हारी कृतज्ञ हूँ श्रीपत, पर तुम दोनों का यह कमरा हम दोनों के लिए नहीं है।"

श्रीपत ने बाँह बढ़ा पास खींच लिया—

"रत्ती !"

श्रीपत की मचलती बाँहों को रत्ती ने हाथों से जकड़ लिया और गहरी तकलीफ के से स्वर में कहा—

"तुमने आप ही इस क्षण को रौंद डाला है श्रीपत !"

"कुछ मत कहो रतिका, तुम आओ।"

श्रीपत ने जैसे मसल डालना हो।

अपने को बेरहमी से छुड़ा रत्ती उठ खड़ी हुई और लकड़ी के से बेजान स्वर में कहा—

"कैसे तुमने यह सोच लिया कि एक-दूसरे को चाहने के लिए हमें ऊना के कमरे का झूठ जीना है ?"

फिर श्रीपत का हाथ छूकर कहा—

"जिस श्रीपत को मुझे जानना है, उसे इस कमरे से बाहर होना चाहिए था !"

श्रीपत की साँस की दहल रत्ती के गले से आ टकराई ! और पछाड़ी हुई आँखें हिंसा से रत्ती के कुरते पर भभकने लगीं—

"उस पहली शाम से तुम मुझे उकसाती रही हो। तुम, तुम क्रूर और जालिम औरत !"

रत्ती के माथे पर कोई तेवर नहीं उभरा। नाराज़गी

भी नहीं—

"श्रीपत, हम दोनों को तो एक-दूसरे से कुछ चुराना भी नहीं था।"

फिर घायल-से टूटे स्वर में अपनी गहरी चाहत श्रीपत को लौटा दी—

"काश, इस क्षण को तुम इस कमरे तक न ले आते श्रीपत, तो शायद हम एक-दूसरे को लहकाते। कम-से-कम मुझे तो। पर श्रीपत, यह तो तुम्हारा घर था, तुम्हारा।"

सामने देखा, उपेक्षा और घृणा की खिड़की में से दो आँखें रत्ती को निगल जाना चाहती हों।

वही आतंक देह के आर-पार होता। वही वार झेल सकने की छटपटाहट।

परदा उठा रत्ती ड्राइंगरूम में जा बैठी। रीती आँखों से भरे-पूरे कमरे को देखा और हारे हुए दोनों हाथ गोद में रख लिए।

रत्ती, तुम्हारे पास अपना कोई पुण्य नहीं। तुम जमे हुए अँधेरे की वह परत हो जो कभी उजागर नहीं होगी। हो सकती तो श्रीपत क्या ऐसी चाहत को राख कर तुम्हीं पर छिड़क सकते ?

श्रीपत अन्दर आए तो पूरे कपड़ों में कुछ दूसरे लगने लगे थे। न पुराने। न नए। नितान्त दूसरे।

आँखों में बुझती-झुलसती गरमी की बेरौनकी और चेहरे पर दीवार-सी बन जाने की पथराहट !

"ऊना की गाड़ी नौ-चालीस पर आती है। चाहो तो रास्ते में छोड़ सकता हूँ।"

"आप ही चली जाऊँगी श्रीपत...पर क्या ऊना की वापसी ही इस हड़बड़ी का कारण थी ?"

श्रीपत और कड़े हो आए। बेरस गले से कहा—

"ऐसे बात करती हो कि तुम पर बलात्कार करने जा रहा था !"

कैक्टस की बाढ़ ने रत्ती को चुभोकर छलनी कर दिया। जिधर से बचकर निकलेगी वहीं यह ! तड़पकर कहा–

"तुम्हारे शब्दों के चुनाव को कुचल देने को जी चाहता है श्रीपत !"

श्रीपत ने वही रोड़ा उठा रत्ती की ओर फेंक दिया–

"यही। तुम्हारे लिए मैं भी यही कहना चाहता हूँ !"

रत्ती उठ खड़ी हुई–

"हम लोग आज का दिन निकालकर एक-दूसरे को याद कर सकें तो अच्छा होगा श्रीपत ! इतनी कड़वाहट का मैं क्या करूँगी ! मेरे पास तो ज़हर-ही-ज़हर जमा है !"

आकाश

फ़ोन की घंटी बजी—

"रत्ती हैं !"

"बोल रही हूँ।"

भरसक सम कर ली गई आवाज़—

"दिवाकर हूँ !"

"कैसे याद किया दिवाकर !"

"अक्सर तुम्हारे लिए रीमा और केशी का सन्देश लाया करता हूँ, पर आज अपने लिए ही। तुम्हारा नम्बर मिलाने की यह मेरी तीसरी पारी है।"

"ओह !"

रत्ती गम्भीर हो आई कि अपने से अपना सामना हो गया हो !

फिर धीमे से कि दिवाकर बिल्कुल पास खड़े हों, कहा—

"दिवाकर, मुझे मान लेना चाहिए कि तीनों बार घंटी बजने पर मैंने हाथ बढ़ाकर खींच लिया था। हर बार ऐसा

लगा कि कोई आवाज़ मेरे एकान्त को झिंझोड़ती है।''

दिवाकर की ओर से एक लम्बी चुप्पी !

फ़ोन पर एक ऐसा क्षण ठिठका रहा, जिसमें कहीं कुछ टूट जाता है या लौट-पलट के जुड़ जाता है।

रत्ती तटस्थ है। कुछ भी हो।

फोन बन्द हो गया।

रत्ती ने एक लम्बे क्षण के बाद नम्बर मिलाया—

''हैलो...यह मैं हूँ, दिवाकर !''

''जानता था रतिका, यह तुम्हीं होगी !''

''इतना जानते हो दिवाकर, तो तुम और भी बहुत कुछ जानते होगे !''

''दावा नहीं है कि जानता ही हूँ पर कुछ तो जानता हूँ रत्ती !''

''शायद जानते ही हो। रीमा और केशी ने ज़रूर मेरा 'बायोडाटा' पेश कर दिया होगा ! कितनी पुरानी हूँ, कितनी थिलगियाँ ओढ़े हुए हूँ...''

''ऐ...बात करने का यह क्या ढंग है ? दराँती से काटती जाती हो !''

दिवाकर की आवाज़ में झिड़की थी।

रत्ती हँसी—

''सिर्फ कहने के लिए रही होऊँगी दिवाकर।''

''नहीं। चुभाने के लिए।''

रत्ती ने अपने को ढीला छोड़ दिया—

''यही सही दिवाकर। जिसे हमेशा चुभाए जाने की आदत हो, वह भी कभी चाह उठता है, दूसरों को कोंचे ! घायल करे !''

दिवाकर कुछ देर चुप बने रहे।

''रतिका, यह बीमार बातें हैं। इन्हें ओढ़े रहने से

फ़ायदा। कहना चाहता हूँ...तुम बीमार नहीं हो !"

"इसका जवाब आज नहीं दूँगी दिवाकर ! हाँ, पहली के लिए माने लेती हूँ कि पुरानी आदत है।"

दिवाकर हँसे और कुछ देर तक हँसते रहे—

"जानती हो रतिका, तुमने अपने बारे में पूरी किताब बना रखी है। तुम्हें हर पन्ने की हर लाइन याद है। पढ़ने तक की भी ज़रूरत नहीं।"

रत्ती को सुनना नहीं भाया। रुखाई से कहा—

"जिसके पास मीलों लम्बा एकान्त हो, वह अकेले में, अपने लिए अपने को क्यों न पढ़ता रहेगा। दिवाकर, अकेले में कोई क्या-से-क्या होता जाता है, यह सिर्फ देखकर पता पाया नहीं जा सकता।"

फिर अचानक बदली-सी आवाज में कहा—

"केशी के कहने से तुम मेरा इलाज तो नहीं कर रहे !"

दिवाकर की ओर से एक लम्बा मौन !

सहसा दिवाकर हँसने लगे। तीन 'डबल' ले डालने के बाद की सी हँसी—

"रतिका, तुमने अपने इर्द-गिर्द कँटीली तारें लगा रखी हैं। अन्दर खड़े-खड़े बाहरवालों से कहा करती हो...सँभलकर...इधर मत आना। काँटें हैं काँटे !"

रत्ती कई देर तक हँसती रही—

"जानते हो दिवाकर, तुमने रत्ती के अन्तरंग टेलीफ़ोन का नम्बर ढूँढ़ निकाला है।"

दिवाकर हँसे नहीं। साँस रोके पूछा—

"और तुम रत्ती !"

"मैं ! मैं हैरान हूँ और तुमसे आतंकित भी !"

दिवाकर की आवाज़ में कोई लौ लपकी हो—

"तुमसे मिल रहा हूँ रत्ती—आज शाम !"

रत्ती ने कोई खतरा देखा हो जैसे—

"आज नहीं। दिवाकर, आज के लिए मुझे माफी दो..."

दिवाकर ने सुना न हो—

"रतिका, आज ही। मुझे आज ही तुमसे मिलना है।"

दूसरी ओर की आवाज़ ने 'इन्स्ट्रूमैंट' से छनकर रत्ती की आँखों को जकड़ लिया। बहुत हौले से दिवाकर का नाम ले मानो अपने को जगाया हो—

ऐ उठो ! उठ लो ! वक्त कहाँ है ?

शहर से दूर लम्बी सपाट सड़क पर गाड़ी दौड़ाते दिवाकर अपने में खोए थे। रत्ती अँधेरे में भागते लैंडस्केप में और खामोशी पीछे की सीट पर धड़कती थी।

तिरछे कटाव पर गाड़ी मोड़ी तो सहसा पीछे छूट गए मीलों का आभास हुआ।

बाँह बढ़ा रत्ती का हाथ ढाँप दिया !

हाथ-तले हवा की सी बेआहट सिहरन—

"रत्ती, सुबह से न जाने कितनी बार सोचा, तुम आओगी कि नहीं आओगी।"

रत्ती ने खुली निःसंकोच आँखों से देखा—

"दिवाकर, मैंने तो एक बार भी नहीं सोचा। मुझे तो आना ही था।"

दिवाकर ने इन शब्दों को सुना न हो, देखा हो।

बेचैनी से कहा—

"समझा नहीं रतिका ! तुम्हारी बात मुझे असहज

कर देने के लिए काफी है।''

रत्ती ने सिर हिला दिया—

''नहीं दिवाकर, यह उलाहना तो मुझे देना चाहिए। उस दिन फोन पर तुम बात करते रहे। मानना चाहूँगी...संशय से मेरी साँस रुक गई थी। क्या नींद में तुमसे बात करती हूँ या तुम मुझे किताब में पढ़ते रहे हो ? चाहिए नहीं, फिर भी जानना चाहती हूँ दिवाकर, रीमा और केशी ने तुम्हें कितना कुछ बताया...''

''बहुत कम रत्ती। शायद इतना ही कि तुम हो !''

''एक दिन केशी की आँखों को अपनी तहें टटोलते देखा तो ऐसी छटपटाई कि रो दी थी। अब लगता है, तुमने भी मेरी सीध कैमरे का 'अपरचर' खोल दिया है और लगातार मुझे खींचते चले जा रहे हो। दिवाकर, ऐसा ही कोई छलावा है न !''

''नहीं रत्ती, ऐसा कुछ नहीं। एक शाम रीमा के पास बैठा तो जाना, जिस मेहमान-कमरे में ठहरा हूँ, उसी में तुम रहती रही हो। नहीं जानता, कैसे हुआ, क्या हुआ कि उसी घड़ी से तुम्हें खोजने लगा।

''जानता था, उस कमरे में अब तुम नहीं हो...मैं हूँ, फिर भी जब-जब आँखें मूँदता—लगता, एक दरवाज़े से तुम अन्दर आई हो और दूसरे से बाहर चली गई हो। खिड़की के काँच पर कई बार तुम्हारी परछाईं दीखी।''

रत्ती ने क्रॉसिंग पर जैसे खतरे का निशान देख लिया हो। आवाज़ को झुठलाकर कहा—

''तुम्हारे कहने से महसूस होता है दिवाकर कि जीती-जागती औरत नहीं हूँ, कोई प्रेतात्मा हूँ।''

दिवाकर ने गाड़ी किनारे लगा ली। रत्ती को बाँह से ऐसे घेरा कि कोई साक्षी हो और भारी गुँथे कंठ से कहा—

"तुम मेरी दौड़ हो रतिका, मैं तुम्हें जानता नहीं पर जान सकता हूँ।"

रत्ती की ओर से कोई आहट न पा, बोले–

"जितने दिन रीमा और केशी के पास रुका, बराबर यह सोचता रहा...तुम वहाँ, उस कमरे में लेटे-लेटे क्या सोचा करती थीं ! क्या देखा करती थीं..."

रत्ती सहल हो आई। मैत्री के स्वर में कहा–

"कुछ भी नहीं दिवाकर, वहाँ सोचने को था क्या ? रीमा के घर पहुँचकर पाया कि तन-मन के पुराने अँधियारे में कई बत्तियाँ टिमटिमाने लगी हैं। रीमा-केशी-बच्चा ! उन्हें देखती, फिर अपने को, फिर उन्हें। दिवाकर, उन बर्फीले दिनों में मैंने जैसे खो गए वक्त को ढूँढ़ निकाला था। पिछले सफर की हर कड़ी अपने आप एक-दूसरे से जुड़ती चली गई और पाया, मैंने कुछ भी अर्जित नहीं किया। सिर्फ उन कड़ियों में जकड़ी गई हूँ।"

"रतिका !"

दिवाकर के कंठ में कोई अंकुर उग आया था–

"रत्ती, यह क्षण क्या उनसे बाहर का है ?"

गम्भीर हो रत्ती ने सिर हिला दिया–

"नहीं मालूम दिवाकर, मैं तो खोने को जानती हूँ। पाने की पहचान ही नहीं रही..."

"रतिका !"

दिवाकर का चाहत-भरा स्वर जैसे ढलान पर से फिसलता हो नीचे की ओर–

"अपनी परिधि में आने दो रतिका ! ऐसा कुछ नहीं चाहूँगा जो तुम न देना चाहो।"

रत्ती ने हाथ उठा दिवाकर के ओठों से छुआ लिया और गहरा आलोड़ित चुम्बन पाया।

"रतिका, जितना मैं देख सकता हूँ...तुम उससे कहीं ज्यादा..."

रत्ती के ओठों पर परिहास की दँतीली मुस्कराहट फैल गई—

"अपने को कीमती लगने लगी हूँ दिवाकर, लेकिन यह उतरती बरखा है, यहाँ तुम्हारी हर अतिशयोक्ति झरझरा जाएगी।"

दिवाकर ने सुनकर दुख पाया हो—

"जो कहना चाहता हूँ, नहीं कहूँगा रत्ती ! इसलिए कि मैं उसे सच करना चाहता हूँ।"

दिवाकर झुके और देर तक उन आँखों को अपने दिल पर रखे रहे।

ढलते दिन की धूप। थोड़ी-सी। अभी बाकी है।

प्रसाधन के तीन घंटे।

लौटकर रत्ती ने मानो पिछले दस साल पा लिए हों। दर्पण में देखा। कम पुराना चेहरा। कम पुरानी तस्वीर। चमचमाए नक्श-नैन।

दूसरे कोण से देखा। आँखों के नीचे, ओठों की कोरों पर। माथे पर। हल्के-हल्के अधिकार जमाती हुई रेखाएँ। झुर्रियाँ।

आँखों पर हाथ रख रत्ती अकेले में रोने लगी। यह दस्तक भी तो इतनी देर से।

रोते-रोते एक बार और अपने को देखने लगी तो अपने लिए मोह उठ आया। जिसने इतना अकाल जाना हो...इतना रूखा और अँधेरा भी, उसे तो अब तक राख हो जाना चाहिए था। पर अब भी कुछ बाकी है।

ढाढस के छींटे दे अपनी आँखें पोंछ लीं।

रतिका, तुमने सिर उठा अपने लिए अपनी लड़ाई लड़ी है। कड़वाहट के ज़हर से अपने को अपना दुश्मन नहीं बनाया। दोस्त नहीं मिला तो भी दोस्ती को दुश्मनी नहीं समझा। तुम एक अच्छी लड़की। प्यारी और बहादुर। असद। बरसों बाद वही नुकीला चेहरा !

ब्रश ले बालों में फहराया। दाएँ-बाएँ से फिर अपने को देखा कि फ़ोन की घंटी बज उठी।

"हैलो...!"

"कई बार नम्बर मिलाया। कहाँ थीं रतिका !"

"पूछ ही लिया है तो ज़रूर बताऊँगी दिवाकर। पिछले तीन घंटों से उम्र-कैद में थी।"

"सलाखें चुभा रही हो, मगर क्यों !"

"बाल धुलवाए। नाखून चमकाए। धुला-पुँछा चेहरा उजागर करवा लिया है..."

सहसा रत्ती की आवाज़ थर्रा गई—

"फिर भी तुम्हारा सामना करने में दहशत मालूम देती है दिवाकर !"

"यह सब क्या प्रलाप है रतिका !"

"गुज़र गया है वह क्षण। मैं रोने लगी थी यह सोचकर कि मैं इतनी पुरानी क्यों हूँ ?"

"रत्ती !"

दिवाकर के इस आकुल सम्बोधन ने जैसे रत्ती के बाल सहला दिए हों।

फिर लाड़ से डपटकर कहा—

"हर नई तारीख चौबीस घंटे के बाद पुरानी हो जाती है। हर दिन के व्यतीत हो जाने पर क्या हर तारीख पर रेखाएँ खींचती जाओगी कि वह पुरानी हो चुकी !

पुरानी...पुरानी...ऐ लड़की, मेरी बात सुन रही हो न !"

रत्ती की आवाज़ में मदिरा छलक आई—

"तुम्हारी इस सूक्ति के लिए मैं तुम्हें ओठों पर चूमूँगी।"

"मैं भाग्यवान हूँ रत्ती, पर इतनी-सी बात पर इतना बड़ा इनाम !"

"चाहती हूँ मगर बताऊँगी नहीं। पकती औरत ऐसा संवाद खुद अपने से नहीं कहती। बिना शब्दों के चुपके से अपने कान में दोहरा लेती है या सहमकर चटक रंग पहनने लगती है। न हो तो फिर मेरी तरह अकेले में रो-रो लेती है।"

"बस, रतिका ! एक घंटे की मोहलत दो मुझे। अपने को ठीक ऐसी ही रहने दो जैसी तुम इस क्षण हो। इस क्षण, रतिका, तुम मेरे लिए माणिक हो।"

"माणिक नहीं, मैं नीलम हूँ दिवाकर।"

दिवाकर अन्दर आए तो रत्ती कुछ बोली नहीं। अपनी जगह से हिली नहीं। खिड़की पर पीठ दे खड़ी थी, जड़-सी खड़ी रही।

दिवाकर ने देखा और देखते ही पत्थर हो गए। पाँव आगे नहीं बढ़े।

विपरीत दिशा से आते दो अतीत एक-दूसरे का सामना करने को ठिठक गए हों।

कमरे में घुटन है। हवा बंद है। सामने खड़ी रत्ती फर्नीचर का पीस है। फर्श में अटा पड़ा।

रत्ती ने अपनी सुरक्षा में जैसे अपने आसपास खुदी खाई पर के सब पल्ले-पुलियाँ उठा लिए हों।

दिवाकर को ढिठाई से देखती रही, फिर ठंडे गले से कहा—

"माफ़ी दो दिवाकर, मैं थकी हूँ और मुझे कहीं नहीं जाना है।"

दिवाकर ने पलटकर मानो कैनवस को पिछली तरफ से देखा। खाली...बेरंग...बेबस !

"मेरा आना क्या इतना अप्रीतिकर हो उठा है, रत्ती !"

रत्ती ने सिर हिलाया और नितान्त अकेले स्वर में कहा—

"नहीं दिवाकर, यह बात नहीं। मैं तो अपने-आपसे जूझने लगी हूँ।"

"कुछ देर पहले तक तुम खुश थीं, रत्ती !"

"थी, पर अब कुछ कारगर नहीं होगा। मैं अपने को रत्ती नहीं लग रही हूँ। मीलों लम्बी सड़क के साथ-साथ पड़ी लावारिस ज़मीन-सी..."

रत्ती ने दोनों हाथ वक्ष पर रख लिए कि कोई भित्ति हो—

"मैं थकी हूँ दिवाकर, मुझे आराम के लिए अकेले छोड़ दो !"

दिवाकर पास आए। हाथों से ऐसे छुआ कि जिन्दा करना हो। ओठों पर चूम लम्बे क्षण तक आँखों के पार देखते रहे। पुतलियों में अँधेरा था और कोई नमी नहीं थी।

दिवाकर ने बाँह से घेर दीवान पर लिटा दिया।

आप फर्श पर बैठ अडोल रत्ती के सिर पर हाथ फेरने लगे। मुँदी आँखों को चूमा ऐसे कि स्पर्श न हो, स्पर्श की कामना हो। उँगलियों की फिसलन ऐसी कि देह को जगाते

हों। रसाते हों।

"रत्ती ! रतिका ! रत्ती..."

रत्ती ने गिरी पलकें उठा लीं। आसक्ति को पोंछ देनेवाले सूने स्वर में कहा—

"पैक कर चाव-भरे मन से तुम्हारी राह तकती थी कि कहीं एक अपरिचित कमरा इन आँखों के आगे ठिठक गया। देखा, उस कमरे में तुम खड़े हो। साथ कोई एक आँचल भी ! यह भी दीखा कि खुली खिड़की से एक चील उस कमरे में झपाटा मार गई है...

"दिवाकर, मैं जानना चाहती हूँ, तुम्हारे यहाँ आने से पहले जो घटित हुआ है तुम्हारे उस कमरे में...यह भी कि उस कमरे में झपटती चील क्या मैं ही हूँ ?"

दिवाकर कठिन हो आए। फिर आवेशहीन ! चाहा, रत्ती के कहे को ग़लत कर दें लेकिन घंटों पहले की कशमकश याद कर हार मान ली।

पास झुक रत्ती के घुटनों पर सिर डाल दिया—

"उस साँझी चौखट में जो होता है, होने दो। अपने को न रोको रतिका, वक्त हमारे आगे नहीं, पीछे है।"

रत्ती की आँखों में गम्भीरता से देखा—

"रतिका, कहीं भी कोई सत्य निरा सत्य नहीं है। तुमने वहाँ बैठे-बैठे अन्तर्दृष्टि से मेरे ही घर का कमरा देखा है, वह सत्य है। सत्य यह भी है कि तुम्हारे पास होने में सुख जगता है...सुख, रतिका ! ऐसा...जैसा पहले कभी नहीं...रतिका, तुम्हारे साथ सोना चाहता हूँ...क्या तुम..."

रत्ती सजग हो उठ बैठी। ऐसे कि कोई आहट सुन पड़ी हो।

फिर आर्द्रता से दिवाकर को चूमा कि रेशम के नरमे

पर कीमती हाथ लहराए हों—

"हाँ...दिवाकर, मैं भी !"

चित्रलिखित-से दिवाकर चाह-भरे रत्ती को देखते रहे। ऐसे कि आमने-सामने दोनों को कुछ प्रमाणित करना है। दोनों के लिए।

रत्ती ने अपने में लौट अपने को सुना। पलकें नीचे गिरा लीं और आश्चर्यजनक उद्धत चाल से अन्दरवाले कमरे में खो गई।

लौटी तो हाथ में सूटकेस था। आँखों में अजब-सी चमक...प्यास को जगाती-तड़पाती !

कारबेट-पार्क की सुनसान कॉटेज में लकड़ियों की जलती आग के सामने दिवाकर और रत्ती मानो कहीं से चुरा लाए वक्त की गिरफ्त में जकड़े बैठे हों।

रत्ती ने अँगीठी के सामने बैठे-बैठे मन के पुराने कोनों को बुहारा, तस्वीरों की चौखटों को झाड़ा और कैलेंडर की तारीख पलट डाली।

अपनी ओर सरकते तूफ़ान की आहट पा काँपते कंठ पुकारा—

"दिवाकर !"

दुलार-भरे हाथों दिवाकर ने बालों को सहलाया और ओठों पर चूम लिया।

रत्ती पारदर्शी आँखों से दिवाकर के हाथों का पीछा करती रही कि दिवाकर ने बाँह बढ़ा लौ के ढेर में एक लकड़ी और डाल दी।

चिंगारियाँ उठीं और आग के खेत में खो गईं।

रत्ती की ओर दिवाकर ने ऐसे देखा, जैसे अपनी देह

में उठते भँवरों को रत्ती की आँखों में से टटोलते हों।

रत्ती के हाथ में गिलास अटका रहा और उस पर ठहरी गुनगुनी निगाह। सहसा रत्ती ने मोहनिल ओठों से कहा–

"कितनी देर में अपना 'बड़ा' खत्म किया करते हो !"

दिवाकर जाने क्या सोच हँसने लगे। शरारत से पूछा–

"किसलिए पूछ रही हो ! मेरे संग होड़ का इरादा है क्या !"

रत्ती उस हँसी में बिंध गई हो। गिलास फर्श पर रख दिवाकर को बाँहों से घेर लिया–

"आज मैं अपने घूँट लम्बे, बहुत लम्बे करना चाहती हूँ। इतने कि लेते-लेते सुबह हो जाए।"

दिवाकर के चेहरे पर खिलती हँसी सहसा ओझल हो गई। गरमाती आँखों से रत्ती को देखते रहे। पास खींच लिया और दोनों हाथ कमर पर थमा दिए–

"समझा रत्ती...समझ लिया है !"

रत्ती न हिली, न डुली।

अनजिए बचपन की ढिठाई, आँखों में घिर आए इकहरे जीवन की बंदिश और खुलापन एकसाथ।

दिवाकर के साथ आ लगी तो बाँहों में थिरकन थी और तरंगित वक्ष पर छलछलाते दो कलश।

दिवाकर गलबाँही दे बिछौने तक ले आए। सिरहाने पर सिर टिका लिटा दिया और गहरे अतिरेक से दोनों ओर चूम लिया–

"कैसा लग रहा है यहाँ रतिका ?"

"अच्छा...दिवाकर, अच्छा, ऐसा जैसा पहले कभी

नहीं !"

दिवाकर जाने कैसी चाहत-भरी निगाह से देखते रहे, फिर हाथ से रत्ती की गोद को सहला दिया—

"किसी भी एकान्त से बड़ा एकान्त यहाँ है रतिका ! तुम में। तुम्हारी कोख में।"

रत्ती कई देर अचंचल आँखों से दिवाकर की ललक को तापती रही, फिर हल्के आलोक में लिपे कमरे को निहारा और दिवाकर से लगकर कहा—

"जंगल से घिरी यह सुनसान कॉटेज मैं हूँ दिवाकर। जिन पाँवों की आहट सुन पड़ती है, वह तुम्हारे हैं। पर...इस पल तो लगता है...मैं तुम हो और तुम मैं।"

दिवाकर रत्ती को चूमते रहे और देखते रहे—

"जानता हूँ, मेरी त्रिकालदर्शी रत्ती के पास तीन आँखें हैं।"

"हर उसके पास होती हैं, जो नहीं पाता। झेलता है और इन्तज़ार करता है। टूटता है और टूटने के दर्द को अपने में समोकर खड़ा हो जाता है, हर बार !"

दिवाकर ने समूची रत्ती को ऐसे ढाँपा कि रत्ती के सपनीले कपड़ों की गोद भर देनी हो।

दिवाकर की गर्दन पर हाथ फिराया कि रेशम की सलवटें निकालनी हों।

"दिवाकर !"

रत्ती का गाढ़ा स्वर दिवाकर की बाँह पर ठिठक गया।

किसी गूढ़-अबूझ संकेत की भंगिमा थी क्या !

दिवाकर साँस रोके लम्बे क्षण तक किसी पतली धार पर लटके रहे। तिरते रहे।

रत्ती की आँखों में खलबली मची देखी तो आँखें मूँद लीं।

कुचाग्र पर दिवाकर का हाथ अड़ा रहा कि पुलक के सरोवर से कमल उठा लेना हो।

रत्ती मग्न-सी चुपचाप लेटी रही।

छलछलाते बढ़-बढ़ आते ज्वार की स्तुति में दिवाकर ने रत्ती को भींचा और गले के बटन खोल डाले। हाथ से सुख दिया। सुख लिया।

कमर पर के बंद खोले और बार-बार उस जल-थल को चूमते चले गए।

यहाँ। यहीं। उस ओर। रत्ती ने रोक दे दिवाकर को उस लहर से उबार दिया।

नई हो रत्ती ने दिवाकर को चूमा। ओठों से, हाथ से वक्ष की खुरदरी मखमल को सहलाया...

हौले। हौले। और हौले कि दिवाकर काँपने लगे—

"रत्ती...रतिका !"

धीमी हो गई आँच की लौ में डूबा कमरा कोई पूजा-स्थल हो। एक वेदिका पर साथ-साथ लेटे वे दोनों देवगण हों। देवता। अपने-अपने तन में छिपे स्रोतों से जिन्हें अमृत की बूँदें पानी हों। भागीरथी खींच लानी हो।

घुला-घुला हाथ दिवाकर ने रत्ती के उदर पर फिराया—

"ऐ, क्या सोच रही हो !"

"सोच कहाँ रही हूँ !"

लाड़ से रत्ती ने अपने को छुआ—

"मैं तो बाट जोह रही हूँ, तुम कब यहाँ पहुँचो।"

दिवाकर भीजकर एक ताल में हँसे—

"सीधी लड़की !"

ओठों को ओठों पर बिछाए रहे...कितनी देर। तब सूँघा...सहलाया और झरझराते हाथों रत्ती को खोल लिया !

रत्ती ने तड़पकर बाँहों से जकड़ा कि पानी को थाम लेना हो। ज्वार को थिर कर देना हो।

दिवाकर ने भाँपकर रत्ती को ओठों पर छुआ। माथे को सहलाया और बालों को लहराकर कहा—

"सहल हो रत्ती ! अपने को ढीला छोड़ दो। हमें एक-दूसरे को चाहने दो। हम इसलिए नहीं चाहते कि हमें नहीं चाहना चाहिए। हम चाहने को चाहते हैं रत्ती !"

रत्ती में...रत्ती पर, हरी दूब की कोंपलें बनने लगीं।

आलोड़ित हो दिवाकर को दोनों ओर चूमा। ओठों से ऐसा वरा कि पुलक का गुच्छा हो। इस ओर। उस ओर। रत्ती...रतिका !

उमड़ता-जुगलता हाथ दिवाकर का रत्ती की पीठ पर खुँट गया।

उछलती-हुलसती रत्ती की अँगुलियाँ दिवाकर के रस-स्रोत पर गुलाब हो गईं।

हौले-हौले, इतनी धीमी कि हाथों में रम गई लालसा का हिंडोला हो।

दिवाकर काँपने लगे। रत्ती उन्हें हाथों पर लपेटने लगी कि तड़पकर रत्ती की ऊँचाइयों को छाती से दबा दिया।

रत्ती ने दिवाकर की जाँघों पर पाँखुरियों की जुगत जगा दी।

दिवाकर ने उत्तेजित हो पनीले वक्ष चूमे। सुखद। पल्लव-शिराओं में पारित !

दिवाकर सहसा एक क्षण को अलग हुए और सर्पीली

गुफा पर सिर झुका लिया।

चूमा। अँगुलियों से देहरी पर जैसे अल्पना देते हों। फूल...रेखाएँ। चुम्बन ऐसे कि रत्ती नहाने से पहले ताल-किनारे किल्लोल करती हो !

तड़प में रत्ती के हाथों की जकड़ दिवाकर की पीठ पर लोहा हो गई।

नीचे कुक्ष का पाटल खुलता-सकुचाता रहा।

आओ...आओ...आ...

दिवाकर सीधे हो रत्ती के ऊपर हुए। हाथ से रत्ती के सिर पर ऐसी ओट दी कि स्वयं अपने से रक्षा करनी हो।

रत्ती ने तड़पकर ओढ़न उघाड़ दिया कि आँच का फूल लोहित कुंड में जा तिरा। छल...छल...। डोलित। हिल्लोलित !

दिवाकर रत्ती की झिलमिली पर लहरियाँ बनाने लगे।

रतिका जैसे तन-मन की चिलमन के पीछे हँस ली हो। आखिरकार !

दिवाकर शतांश को रुक गए कि डुबकी लगाने से पहले गहराई मापते हों। इस बार गूँथ नहीं। सुख का हिंडोला हो ! आमने-सामने। गुच्छे लटकने लगे। पाटल बिखरने लगे।

दिवाकर देरी से आतंकित हो काँपने लगे थे कि रत्ती ने लयकारी से किनारे तक ला अपनी ओर खींच लिया। अपने में।

लबालब मुहाने पर दिवाकर रुके, फिर लतरों की दीवार में से अन्दर जा घुसे और जंगल के आरक्षित अँधेरे में खो गए।

रत्ती किसी दर्द से छटपटाती है, यह सुना नहीं।

दिवाकर अपने बोझ-तले रुई धुनकते रहे। सेमल के फूल बिखेरते रहे।

"तुम...मैं...तुम...मैं, हम दोनों।"

नदी के पाट पर कोई मछली तड़फड़ाकर पानी के भँवरों में जा फँसी और चीत्कार सुन दिवाकर ने मुक्ति पा ली। रत्ती की शहतीली टाँगों पर झरते थे मोती !

दिवाकर अलग हुए तो रत्ती के बरसों पुराने अँधियारे में मुक्ता-मणि लहरा गई।

गंधमयी अलसाई झपकी के बाद दोनों ने एक ही क्षण आँखें खोलीं तो दिवाकर ने बाँहों में भर लिया।

बालों में हाथ फिरा पूछा–

"रतिका, मैं जानना चाहता हूँ !"

रत्ती ने दिवाकर के पौरुष को चूम लिया और वक्ष पर सिर धरकर कहा–

"पहले कभी नहीं। तुमने मेरा शाप धो दिया है दिवाकर !"

दिवाकर प्यार से रत्ती को दाबते रहे। तापते रहे !

रत्ती ने दिवाकर के ओठों को ऐसे छुआ कि उन पर कोई अक्षर लिखती हो। तब दिवाकर के दोनों हाथ अपनी आँखों पर रख लिए और भीगी आवाज़ में कहा–

"क्या मैं भी कुछ थी !"

दिवाकर ने रत्ती को बार-बार चूमा और कोख पर हाथ रख दिया–

"यहाँ नीलमणि का 'रिजर्व-फारेस्ट' है। इस गुफा के द्वार पर आग लहकती है। अनोखी गंध महकती है और सराबोर करती है तन-मन को। ऊँचे पेड़। पेड़ों की छनीली छाँह और हिम-शिखरों से पिघलकर झरझराती रति-क्षणों की माला..."

रत्ती खिलखिलाकर हँसने लगी।

दिवाकर को नाक पर कोंच दिया—

"ऐ...मैं तुम्हें मारूँगी...मैं लड़की हूँ कि भूगोल हूँ।"

"ऐसा !"

दिवाकर ने हँसते-हँसते रत्ती की दमक हाथों की अँजुरी में भर ली।

अलग होती रत्ती को दाब लिया।

दोनों जाँघों को चूमा। पाँव अलग कर टाँगें खोल दीं और कुछ कुरेद लेने की मुद्रा में रत्ती पर छा गए।

रत्ती ने आँखें खोलीं। दिवाकर नींद में बेखबर थे। बेआहट करवट ली और उठ खड़ी हुई। दिवाकर को देखा। बंद आँखों में 'सैंचुरी' का सन्नाटा जैसे उसके अपने गर्भ से उठकर संदेह दिवाकर से जा लिपटा हो।

गहराती रात के नील संगीत में उठते-गिरते परिश्रान्त साँसों की लय...सहसा रत्ती को फिर से कँपाने लगी। ऐसी कि फिर दिवाकर में जा लेटे।

मन्द होती लकड़ियों के हल्के-सुनहरे ताप के सामने रत्ती ने अपनी देह लिटा दी तो आँखों में अलसाई थकन झरने लगी। सुख। सुख। नरम टहनियों पर पड़ता रस का बौर ! यहाँ-वहाँ भटकती उँगलियों के पोर।

अग्निका, सखी-सखा के जुगल हो जाने की सी, तुम्हारी इस आँच की संदिग्ध परितृप्ति। रत्ती के मरु एकान्त में तुमने एक लहक लहकाई है। प्रार्थी हूँ, एक क्षण...एक कण मुझे और दे दे कि अपने विस्तार में दिव्या को एक बार और जगा लूँ।

हाथ उठा रत्ती ने लपलपाती शिखा का आह्वान किया

और तन-मन में जग आए आलोक में फिर दिवाकर को खोजने लगी।

आदरपूर्वक गले से धुर दक्षिण तक अपने पर हाथ फिराया। सभी कुछ अपनी जगह है। कुछ भी खंडित नहीं हुआ। सब समूचा है।

दिवाकर द्वारा माप ली गई अपनी थाह से अवाक् रत्ती मानो किसी के आगे नमन होती हो। काँपकर पुकार की—

"दिवाकर !"

दिवाकर ने नींद के रहस्यमय वातायन से रत्ती की बुलाहट सुन ली हो। आँखें खोल दीं।

रत्ती को आग के सामने फर्श पर लेटे देखा तो अपनी आसक्ति को जगा उठ खड़े हुए।

अँगीठी के पास आए। ताज़ी लकड़ियाँ डालीं और काग़ज जला लकड़ियों के ढेर में खोंस दिया।

धुएँ को रौंद सूखी लकड़ियाँ फड़फड़ाते आकारों में चटखने लगीं।

रत्ती ने उस दीप्त लौ में दिवाकर की निःसंग उघड़ी आकृति देखी तो तपिश में देह झनझना उठी।

"रतिका, कब उठीं ?"

"अभी !"

रत्ती ने दिवाकर की आँखों में देखा तो जुगनुओं की कतारें टिमटिमाने लगीं। बाँहें फैला दिवाकर को घेर लिया—

"तुम दिवाकर, सिर्फ तुम !"

दिवाकर ने बाल छुए। माथा...कपोल...अधर। वक्ष अँगुली में भरे और सिर झुका ओठों की पूजा दी।

कितनी देर दिवाकर उस मुद्रा में बैठे रहे। प्यास के

लिए प्यास को बुलाते रहे। फिर तड़पकर रत्ती को बाँहों में भींच लिया और उम्र-भर के-से लम्बे क्षण तक दोनों निःशब्द-निश्चल पड़े रहे।

रत्ती धरती बनी वृष्टि की राह में साँस रोके रही। एक रुपहली लहर खनककर मदन-मन्दिर में आ बिछी। दिवाकर ने रत्ती के नितंबों को तड़पाया कि गहरी लालसा में रत्ती ने दिवाकर के पाँव गूँथ लिए।

दिवाकर का हाथ ओस-भीगे किमखाब पर फिसलने लगा, फिर झिलमिल रेशम में से छनकर गुलाब ढरकने लगा।

"रतिका !"

रत्ती ने निःसंकोच आँखों में दिवाकर को मित्रता से निहारा और अपने अन्दर लगी झड़ी में ओट ले लेने को, दिवाकर को कसकर थाम लिया।

रत्ती सो गई थी।

दिवाकर ने एक छोटी-सी झपकी ली थी कि नींद में लगा, वह फिर रत्ती में सोए हैं। बाँहों में समेट लेना चाहा कि काँपकर आँखें खोल दीं। रत्ती पास नहीं थी।

अचकचाकर उठ बैठे।

रत्ती ने थरमस में से पानी उँडेला और ओठों से लगा लिया।

"रतिका...!"

दिवाकर ने बाँहें फैला दीं—

"आओ !"

रत्ती ने तीन क़दम भरे। तीन बार एक-एक सदी जी डाली हो। पास आ लेटी और दिवाकर की बाँहों में सिर

डाल दिया—

"एक सुख तुम्हारे बिछौने के पास खड़े होने का। एक तुमसे पुकार लिए जाने का। एक यहाँ पहुँच स्वीकार लिए जाने का।"

दिवाकर रत्ती के सिर पर हाथ फेरते रहे, फिर बड़प्पन से कहा—

"ऐ लड़की, तुम मेरी रत्ती से कभी ईर्ष्या नहीं करोगी। समझीं ?"

रत्ती हँसने लगी—

"ऐसे कह रहे हो कि मैं कोई और रत्ती हूँ और तुम्हारी रत्ती कोई और है।"

दिवाकर गम्भीर बने रहे।

"हाँ, रतिका, तुम जो हो, वह मेरी रत्ती नहीं। तुम वह भी नहीं जिसे तुम पीछे छोड़ आई हो। मेरी यह रत्ती का टुकड़ा है जो इस क्षण मेरे पास है। उसके उतने को ही मैंने चाहा है और पाया है।"

"कहते चलो, सुनना अच्छा लग रहा है।"

दिवाकर ने रत्ती की कमर पर हाथ रख लिया तो दोनों ओर की शिलाएँ थरथराने लगीं—

"रतिका, तुम रेशम हो। पट्ट हो।"

रत्ती ने गुदगुदाकर कान खींच दिया—

"मालूम है, कितनी पटकन के बाद यह पट्ट इतना मुलायम हुआ है !"

"अभिभूत करती हो रतिका तुम ! तुममें जुटी चारों दिशाएँ देख सकूँ, इतनी सामर्थ्य कहाँ है ! मैंने तो तुम्हारी खिड़की से झाँका-भर है।"

"ऐ तुम ! क्या अपनी प्राप्ति की अन्त्येष्टि पढ़ रहे हो ! अभी तो हमारे पास एक दिन, एक रात और है।"

दिवाकर ने फड़फड़ाते हाथों रत्ती को अपने से लगा लिया और गहरी ममता से चूमते चले गए—

"रतिका...चाहा था पर सोचा नहीं था, पा ही लूँगा।"

सफर के कपड़ों में रत्ती अन्दर आन खड़ी हुई तो देह पर तृप्ति की दमक थी और चेहरे पर आत्मादर की लुनाई।

अनुरक्ति से भीगी आँखों से देखा, दिवाकर ने अभी बिछौना नहीं छोड़ा।

रत्ती खड़ी-खड़ी निहारती रही, फिर पैताने आ झुकी। पहले कम्बल पर हाथ फिराया और तल्लीनता से दिवाकर के पाँव चूम लिए।

दिवाकर बोले नहीं। माथे पर कुछ ऐसा घिर आया था जो अबूझ था।

रत्ती पास बैठी और हल्केपन से कहा—

"आज तुमसे बाजी ले गई हूँ जल्दी उठने में। पैक किया, नहाई, बाहर घूम भी ली।"

दिवाकर गुमसुम हुए रहे। आँखों की निगाह कुछ ऐसी अनमनी कि बारजे पर बैठे-बैठे दूर कहीं, रत्ती को नहीं किसी और को देखते हैं।

रत्ती ने छेड़ा—

"कितना रौबीला तेवर है ! तुमसे डरने का चाव हो आया है, दिवाकर !"

दिवाकर नहीं बोले, हाथ बढ़ा सिगरेट का टुकड़ा अँगीठी में फेंक दिया और ठंडी निगाह से रत्ती को अपने आकाश पर उड़ते देखते रहे।

रत्ती ने हर झपक दिवाकर की चीन्ही।

हाथ बढ़ा दिवाकर को छू लिया कि अपने और दिवाकर के बीच घिर आई दूरी को पाट देना हो—

"आज की नाराज़ी में तुम्हीं जीतोगे दिवाकर, मैं नहीं।"

आवाज़ में कुछ ऐसा था जिसने क्षण-भर को दिवाकर से दिवाकर को अलग कर दिया।

देर तक रत्ती के धुले-धुले मुखड़े को देखते रहे, फिर बहुत धीमे से कहा—

"जानता हूँ, किस बात की सज़ा मुझे दे रही हो। रात कह गया और अब लौटा नहीं सकता। और तुम भूल नहीं सकतीं।"

रत्ती कसक से हँसने लगी—

"मुझे ज़बरदस्ती कहीं कोई सत्य स्थापित नहीं करना है। मैं क्यों किसी को सज़ा देने लगी दिवाकर !"

"किसी को ! ठीक ही कहती हो रतिका ! इस सम्बोधन की संज्ञा तुम मुझे दे सकती हो !"

फिर एकाएक नरम होकर कहा—

"रतिका, बुरा मान गई हो न ! मेरा आग्रह है, आज का दिन हम और रुकें।"

रत्ती दिवाकर को एक नज़र से भेद गई।

"न, हमें लौट जाना है। हम लौट रहे हैं। हम आज ही लौटेंगे।"

"रतिका...!"

दिवाकर के स्वर में छटपटाहट थी—

"मेरी प्रार्थना है रतिका !"

रतिका उठ खड़ी हुई। जाने कैसी निगाह से चारों ओर देखा कि कमरा न हो, काले जल की झील हो।

फिर क्षण को सहस्रांशों में बिखरी आँखें बन्द कीं

और एक ही झपकन में दिवाकर को उस झील पर से नितार अपने अन्दर उतार लिया।

सिर उठाया तो मानो दिवाकर को नहीं, बाहरवाले ताल को सम्बोधित किया हो—

"हमें आज ही चले जाना है दिवाकर..."

हर शब्द का जैसे अनुवाद किया हो—

"प्रीति की तार से तुम्हारी मोहलत ख़त्म हो चुकी।"

"रत्ती, प्लीज़..."

"नहीं दिवाकर। तुमने दोनों के साझे अधिकार को जीया है। इससे अलग मेरा अपना कोई दावा नहीं।"

"मेरे लिए अपना अपमान कर रही हो रतिका, और अपने लिए उस प्राप्ति का जो हम दोनों के लिए..."

दिवाकर ठिठके।

रत्ती उनकी ओर ऐसे देखने लगी थी कि आँखों पर बिठाती हो—

"दिवाकर, शून्यों की लम्बी कतार में तुमने एक अंक जोड़ दिया है। जो कुछ भी नहीं था, वह अब बहुत बड़ी राशि है।"

"रतिका, मेरी विवशता का इतना बड़ा प्रदर्शन मैंने कभी नहीं देखा। तुम्हें अधिकार है मेरे तिनके को बड़े-से-बड़ा नाम दो और मुझे छोटे-से-छोटा करती जाओ।"

रत्ती ने आँख उठा दिवाकर की ओर देखा तो आँखें भर आईं और टप...टप...टप...टपकने लगीं।

दिवाकर ने घेर लिया—

"रत्ती, बीत गए को लौटाया नहीं जा सकता। जो पीछे सरककर अतीत हो गया है, उसे किसी भी तरह पाया नहीं जा सकता। हम सिर्फ जीने के कुछ क्षण बाँट ले सकते हैं..."

रत्ती ने दिवाकर के आगे सिर डाल दिया और रोती चली गई।

मुखहीन समय के हाथों जिबह होने की जैसे यही अन्तिम बार हो।

रत्ती ने आँखें पोंछी और दिवाकर के वक्ष पर आगम का शिलालेख पढ़ लिया।

अंधड़ में कुछ भी सूझा नहीं तो बाँहें फैला दिवाकर से लिपट गई—

"मैंने ऐसा क्या कर दिया है दिवाकर कि जाने के दिन हमें एक-दूसरे को छाँट देना है।"

"रतिका, पहले कहीं विभाजित हो चुके हैं तो क्या इसी से अचानक अनायास मिल गई गुणा का तिरस्कार करेंगे !"

दोनों ओर के ऊँचे सपाट पठारों के बीच तंग दर्रे में रत्ती का चमचमाता मोती खो गया है।

चोटी पर खड़े-खड़े नीचे झाँका। मोती हाथ से छिटककर नीचे ढुलक गया है।

होगा। कहीं तो होगा। ढूँढ़ निकालूँगी।

सूने पठार पर सपाट काली सतरोंवाली राह पर से रत्ती नीचे उतरने लगी। जल्दी करो, तेज़ चलो रतिका...इस पथरीले बीहड़ में तुम्हारा मोती कहीं पत्थर न हो जाए।

दो तीखे शिखरों की ढलान पर पाँव-भर की सँकरी जगह पर सट रत्ती कंकर आँखों से किरोलने लगी।

यहीं होगा...पड़ा होगा...ऊपर से छिटककर कहीं तो गिरा होगा।

वह। वहाँ। वहीं है।

कि पीछे से किन्हीं दो हाथों ने घेर लिया—

"ऐ...छोड़ो मुझे, मैं कुछ ढूँढ़ रही हूँ।"

"इधर देखो लड़की...जो ढूँढ़ रही हो, वह मेरे पास है।"

"तुम ! तुम यहाँ कैसे दिवाकर !"

"वही तो मैं पूछ रहा हूँ। हम दोनों इस दुर्गम घाटी में कैसे मिल गए हैं ! रतिका, तुम इधर कैसे आन निकलीं ?"

रत्ती के माथे पर अनात्मीयता के तेवर उभर आए—

"क्या कहा ! आन निकली ! नहीं दिवाकर, मुझे तो यहीं आना था। मैं हर कदम इधर बढ़ती आई हूँ। जो मेरी मंज़िल थी, मैं उसी पर पहुँची हूँ।"

"रतिका, देखो तो इन चट्टानों पर कोई गाछ नहीं। पेड़ नहीं। तुम यहाँ क्या करोगी ! यह गन्तव्य तुम्हारा तो नहीं हो सकता !"

रतिका हँस दी—

"और किसका हो सकता था, दिवाकर ! मेरा ही है।"

सहसा रत्ती कई बरस छोटी हो आई। शोखी से दिवाकर को आँखों में देखकर कहा—

"हम दोनों मिलकर क्या एक छोटा-सा गाछ नहीं उगा सकते ?"

"रतिका, यहाँ तो सब पथरीली चट्टाने हैं। कहाँ जमेगा अंकुर !"

"ऐ...इतना नहीं जानते ! मैं जो हूँ धरती !"

रत्ती ने वक्ष-तले फैली क्यारी पर हाथ फिराया लाड़ से—

"यहाँ उगेगा वह गाछ दिवाकर...."

रत्ती खिलखिलाकर हँसने लगी कि भँवराले अँधेरे में सूरजमुखी की बरखा होने लगी।

फ़ोन की घंटी बजती थी।

रत्ती ने अचकचाकर आँखें खोल दीं।

छोटे-से क्षण को अपने को रोका, फिर फ़ोन उठा लिया—

"रतिका !"

रत्ती पहले चुप बनी रही, तब मीठे स्वर में कहा—

"समय-असमय किसे खटखटाते रहते हो दिवाकर, यहाँ तो कामकाजवाली अकेली औरत रहती है।"

"चुप रतिका ! क्या नींद में बोल रही हो ?"

"नहीं। मैं तो ऐसी जगी हूँ कि सारे सपने पीछे छूट गए हैं।"

"सुनो रतिका, मैंने प्रीति से बात की है। उसे बता दिया है।"

रत्ती के कंठ में कोई एक बोल तड़फड़ाने लगा—

"क्या कहा तुम्हारी प्रीति ने !"

"ओह रतिका, वह इतनी सहल हो उठेगी...सोचा तक नहीं था !"

रत्ती का हाथ काँपने लगा। आवाज़ को भरसक संयत कर कहा—

"ऐसे निर्णय मुश्किल होते होंगे दिवाकर !"

"होते हैं रतिका, पर कोई वक्त होता है जब कर लिए जाते हैं।"

"ओह !"

रत्ती की आवाज़ सहसा उचाट हो गई—

"इतनी रात गए तुम मुझे यह सब क्यों बता रहे हो दिवाकर ! क्या प्रीति तुम्हारे पास नहीं लेटी ?"

"सच कहो रतिका, इस पल तुमने मन-ही-मन कुछ तोड़ा है। जानती हो, यहाँ छाती पर तुम्हारे पाँव का रौंदना महसूस कर रहा हूँ।"

रत्ती कुछ देर तक चुप बनी रही। अपने और दिवाकर के बीच जैसे विराम की जगह छोड़नी हो—

"तुम्हारी प्रीति से मैंने सन्धि कर ली है..."

"सन्धि कैसी रतिका ! लड़ाई तो हम दोनों तक में नहीं है। अगर कुछ भी है तो तुम उसके बाहर हो।"

"मैं बाहर नहीं हूँ, क्योंकि मैं अन्दर नहीं हूँ दिवाकर ! प्रीति बरसों तुममें रहती रही है। उसे बाहर ला खड़ा करना...नहीं, मैंने हथियार डाल दिए हैं और मैं वहीं खड़ी हूँ जहाँ पहले खड़ी थी।"

"रतिका, हम तीनों में से किसी के लिए भी तथ्यों को न तोड़ो-मरोड़ो। जानता हूँ, बड़ी बात है लेकिन इतनी बड़ी नहीं..."

"हाँ, दिवाकर ! यही मैं अपने से कह रही हूँ, बड़ी बात है लेकिन इतनी नहीं कि तुम दोनों के जुड़े को खंडहर कर दिया जाए।"

"रतिका...चुप नहीं करोगी !"

"नहीं दिवाकर, कुछ भी हथियाना नहीं है। तुम पुल के नीचे बहते हो और अपने किनारों से बँधे हो। और मैं...पुल पर से गुजर-भर जाने को हूँ।"

"रतिका, मेरे और प्रीति से अलग कुछ घटित हुआ है। उसे आत्मच्छेदन से तोड़कर न फेंक दो। हम दोनों...तुम और मैं, सहगामी हैं उस सम्मिलित प्राप्ति

के...''

''ऐसा ही कुछ तुम्हारी प्रीति के मुँह से सुना था दिवाकर ! तुम्हारे लिए वह अपने से यही कहती थी और अपने लिए मुझसे भी यही...''

''रत्ती, तुम आत्मावहेलना से पीड़ित हो। मैं कुछ भी नहीं सुनूँगा और वही करूँगा जो मुझे करना है।''

रत्ती ने दिवाकर का कहा नहीं सुना। आप ही अपने से कहती चली–

''मैं जुड़े हुए को नहीं तोडूँगी। विभाजन नहीं करूँगी। मेरी देह अब तुम्हारी प्रार्थना है दिवाकर !''

''रतिका...मैं आ रहा हूँ...''

''आओ दिवाकर, अपने और तुम्हारे विरुद्ध मैं अपने से ज्यादा तुम्हें ही चाहती हूँ। आओ न !''

रत्ती ने उठकर खिड़कियों के परदे खींच दिए।

अपना गिलास भरा। बर्फ दी और घूँट भर दिवाकर का इन्तजार करने लगी।

खुली चौखटों पर आसमान के टुकड़े लटकने लगे थे।

सिर्फ आकाश—
आकाश में घरौंदे नहीं बनते
आकाश में धरती के फूल नहीं खिलते—
नहीं उगते तो बस नहीं उगते—
उगते ही नहीं !
नहीं !

●●